新潮文庫

次郎と正子

—娘が語る素顔の白洲家—

牧山桂子著

目次

一

「何かが変だ」 15
二人の結婚 22
新婚旅行の車 27
御殿場 34
大磯 40
母と外国 49
母の教え 57
吉田茂さん 62
父の火好き 66
スキー 73
京都のこと 86
父と英語 94
麻雀 101
こうげい 107

二

父の慰め　115
おかいこと燕　117
椅子と靴べら　121
父とめしや　126
ゴルフクラブ　128
パパとママ　132
猫アレルギー　136
七々丸のこと　139
ファッションショー　144
糸　底　147
鉛筆と箸　149
ファックス　153
酢豚病　155
烏骨鶏　159

入れ墨と極道映画 161
太　鼓 164
Mr. & Lady 167

三

娘の結婚 171
鶴川への引越 180
孫 186
軽井沢の朝 192
軽井沢の夜 199
留　袖 206
身だしなみ 210
父とのイギリス 214
ロビンおじ 223

次郎の死 228
正子の死 235
次郎と正子を両親に持って思うこと 244
あとがき 247
文庫版あとがき 249

白洲次郎（しらす・じろう　一九〇二―一九八五）
一九〇二年二月十七日、兵庫県芦屋《あしや》に、白洲文平《ぶんぺい》の次男として生まれる。祖父は三田《さんだ》藩の家老で、父の文平はハーヴァード大学を卒業後、綿の貿易商として大成功した。兵庫県立第一神戸中学校卒業後、イギリスのケンブリッジ大学・クレアカレッジに留学、彼の地《か》で九年間を過ごす。帰国後の二九年、樺山《かばやま》正子と結婚。日本水産の取締役としてイギリスを頻繁に訪れ、当時駐英大使だった吉田茂と親交を深める。四三年、戦争による食糧難を見越して東京郊外の鶴川《つるかわ》村に転居、農業を営む。終戦直後、吉田外相の要請で、終戦連絡中央事務局参与に就任、「日本国憲法」誕生の現場に立ち会うなど、GHQとの折衝の矢面に立ち、「従順ならざる唯一《ゆいいつ》の日本人」といわれる。第二次吉田内閣では貿易庁長官を務め、のちに東北電力会長、大沢商会会長等を歴任。晩年は軽井沢ゴルフ倶楽部《クラブ》の運営に情熱をかたむけた。一九八五年十一月二十八日、八十三歳にて死去。遺言書は「葬式無用　戒名不用」の二行だった。

白洲正子（しらす・まさこ　一九一〇―一九九八）
一九一〇年一月七日、東京市麴町《こうじまち》区に、樺山愛輔《あいすけ》の次女として生まれる。祖父は薩摩《さつま》藩出身の伯爵《はくしゃく》で警視総監や海軍大臣を歴任した樺山資紀《すけのり》、父の愛輔は貴族院議員。幼い頃から能を梅若六郎（後の二世梅若實《みのる》）に習い、十四歳のとき、女性として初めて能舞台に立つ。学習院女子部初等科を修了後、アメリカのハートリッジスクールに入学。四年後卒業し帰国、白洲次郎と結婚、二男一女を得る。四三年、古典文学に親しみ、小林秀雄、青山二郎などの影響で骨董《こっとう》にも傾倒する。四三年、初の著書『お能』を刊行。その後も能面を求めて各地を旅する。五六年、銀座の着物の店「こうげい」の経営者となる（七〇年まで）。六四年、『能面』により読売文学賞を受賞。『巡礼の旅――西国三十三ヵ所』『明恵上人《しょうにん》』など旺盛《おうせい》な執筆活動を続ける。七二年、『かくれ里』で再度読売文学賞を受賞。その後も『十一面観音巡礼』『日本のたくみ』『西行』『両性具有の美』などで、多くの読者を獲得。一九九八年十二月二十六日、八十八歳にて死去。

写真提供　武相荘

次郎と正子

娘が語る素顔の白洲家

一

「何かが変だ」

「何かが変だ」

それは、私が何歳の頃からか、自分を取り巻くまわりの世界を意識するようになった時に感じ始めたことです。

最初は名前でした。私の名前は「桂子」と書いて「かつらこ」と読みます。現在でこそ、ユニークなお子さんたちの名前を種々耳にしますが、私が子供のころは、女の子はよしこ、ゆきえ、など、三文字で読む名前がほとんどでした。時々、母・白洲正子に連れられて大磯《おおいそ》の母の実家に行くと、少し年長の従姉妹《いとこ》たちが、「かつらこ」が変な名前だと、口々にはやし立てるのです。母に、なぜ私にこんな変な名前をつけたのかと問いますと、子供社会の感覚などまったく念頭にない母は鼻をうごめかせ、「桂離宮という素晴らしい建築より桂子とつけた。我ながらいい名前をつけた」と、私の抗議に耳も貸しません。

名前に端を発した「何かが変だ」という思いは、年を経るにつれて徐々に大きくなっていきました。漠然とわかってきたのは、自分が、社会のほかの人々と、何かにつけ、習慣や物事に対する処し方が違う、ということです。大人になってからの時間が子供だった時間の数倍にもなった現在でも、時々その思いは頭をもたげて来ます。今でも、私と接する人々の眼に、私の言動が奇妙に映ることは、多々あるようです。

先日テレビを見ておりましたら、親に見捨てられた河馬《かば》の子を育てる飼育係の方の苦労話をとりあげていました。河馬は通常水中で出産する動物らしいのですが、たまたまある寒い日、あまりの水の冷たさに陸上で子供を産んだ河馬が、子育てを放棄してしまったそうなのです。また、現在、東京都町田市の我が家には、十羽ほどの合鴨《あいがも》が暮らしていますが、その鴨たちは人工孵化《ふか》でかえったためか、卵を産んでもあたためようとしません。

この二つの話には、私の心に深く留まるものがありました。その感覚とは、私は陸で生れた河馬であり、人工孵化の鴨の卵ではないか、という疑いに結びつくものでありました。

私には二人の兄がおりますが、子供のころのある日、すでに大人になっていた長兄・春正が、「もうちょっと桂子の日頃の面倒を見てやらないと、きちんとした大人になれない」と母にお説教しているのを立ち聞きし、言い知れぬ恐怖に襲われたのを記憶しています。私より二歳上の次兄・兼正とはうって変って不細工で、うす汚い田舎の子である妹を不憫《ふびん》に思ったらしく、絵が上手だった長兄は、父が作ってくれた羽子板やブックスタンドに絵を描いてくれたり、映画や食事に連れて行ってくれたり、また、クリスマスにはツリーを一緒に飾って、翌朝の枕許《まくらもと》の靴下にプレゼントを入れてくれたりしました。私と九歳違いで年頃になっていた青年にとっては、さぞ負担だったと思います。

兄が母にお説教しているのを聞いた時に感じた恐怖は、大きくなるに従って少しずつ現実味を帯びてきました。

戦局が厳しくなってきた時期に、父は小石川にあった家を引き払って、鶴川村（現東京都町田市）に買ってあった農家へ移り住みました。そこで終戦を迎え、その後もその鶴川の家に住みつづけていました。

私が子供のころ、家のあった鶴川は今のような住宅地ではなく、何軒かの家と、田んぼ、畑と山林だけの農村でした。毎日私は、真っ暗になるまで川でどじょうやしじみを取ったり、田んぼでたにしを取ったり、いろいろな屋外での遊びに興じて過ごしていました。蚊帳《かや》の中に放った蛍の青白い光や、遊びに行った先で食べた味噌《みそ》をつけたきゅうりの味、塞《さい》の神（どんど焼き）のとき神に捧《ささ》げた火の残り火で焼いたおだんご……。思い出せば楽しいことのいくらでもある日々の連続でした。その生活がすべてだと信じていましたが、徐々に、両親が出入りしている違う世界が別にあるらしい、ということに気づき始めたのです。

そんな一九五〇年代のある夏に、両親は、戦後長い間行くことのなかった軽井沢に家を持ちました。当時の軽井沢は、鶴川が農村であったのと同様、今のような大避暑地ではありませんでした。上野からシュッシュッポッポと蒸気機関車で何時間もかかり、碓氷《うすい》峠のトンネルでは窓を閉めないと、客車の中が機関車の煙で充満してしまいます。

軽井沢に毎夏やって来る人々は、皆お互いに何らかの形で知り合いのようでした。そこで目にした光景は、鶴川での生活とはまったく異質なものでした。着ている洋服も、外国の雑誌から抜け出してきたようなものばかりです。皆グループで、昼間はテニスやサイクリング、夜は家でトランプやゲームなどに興じているのでした。

そのような光景に呆然《ぼうぜん》として夏の日々を過している十五歳ごろの私に、両親はゴルフをすすめてくれました。段々ゴルフも面白くなり、自分の社会もできてきました。

五十代のうちに東北電力会長を退任し、世間から身を引いた父・白洲次郎は、後に

正子と桂子　時代のせいか、3人目の子供だったせいか、子供のころの著者と両親との写真はほとんど無い

幼い頃の著者

常務理事に就任する軽井沢ゴルフ倶楽部《クラブ》で、毎夏プレーヤーの方たちに、プレーが遅いなど、ガミガミ文句を言うことを生き甲斐《がい》としておりました。メンバーの方たちの何人かは、夏だけなのに会費が高いとか、台風の後コースが傷《いた》んでいるとか、ゴルフ場の不備や不満を直接父にではなく私に、「お前のオヤジにこう言っとけ」とおっしゃることが時々ありました。そんな私が、マナーの悪いことをもしやってしまったら、父の顔は丸つぶれというものです。それで結局、なんだか鬱陶《うっとう》しくなってゴルフはやめてしまいました。

母は、良く言えば、独立心を養うためという名目のもとに子供と一歩距離を置く、悪く言えば、自分の世界だけに生きている、という風な人でした。

学校の入学式、運動会などに来てくれたことはありません。入学式のために、娘に新しい洋服を拵《こしら》えるという意識もありません。遠足や運動会にも、特別なお弁当などありませんでした。母が『お能』を刊行したのは私が三つのときです。いつも机に向かって何か書いている母親なぞいらない、おにぎりを作ってくれるお母さんが欲しいと、私はいつも思っていました。私が病気で寝ていても、自分の約束があると、出かけて行きました。

私の不満に対して、母は彼女が十九歳の時に亡《な》くなった自分の母親を引き合いに出し、着物や陶器を注文するだけが楽しみな、しょうがない人だったと言っておりました。自分の方がずっとましだ、と言うのです。

しかし、子供がすべてに満足できる親など、世の中にいようはずはありません。母は母で、何か世間の母親たちとは違った、自分なりの母親の役目を果そうとしていたのではないかと、最近思うようになりました。自分の母親がしてくれなかったことを、私にしてやろうと思っていたのかもしれません。もしかしたら、彼女の母親は娘にうるさくまとわりついていたのかもしれません。私も結局、自分が母親になってみると、子供には「メシさえ食わせて」おけば間違いない、と思うようになったのですから。

父も母も口を揃《そろ》えて、子供がいて良かった、子供たちのお陰でどんなに救われたか、今二人きりだったらと思うとゾッとする、と、お互いに一目惚《ぼ》れだった昔のことを棚に上げて言っておりましたが、二人きりの時には、立ち聞きしていると結構楽しそうに盛り上っていました。二つの輪が、ある部分だけ重なり合っていて、その部分ではお互いを認め合って共存している、そんな様子でした。

二人の結婚

私が小さいころ、父は、子供時代のことを聞きたがる私に、あまり話をしたがらない様子でした。それは、自分が不幸な生い立ちだったというようなことではなく、小さな子供に対して、何を話したらよいかわからなかったらしいのです。

よく、朝目覚めると布団《ふとん》の中へ私を呼び込み、必ず、彼が生れた時のことを自作のおとぎ話にして聞かせてくれました。それは奇想天外なお話で、「ある晴れた日に、一天俄《にわか》に掻《か》き曇り、雷鳴と共に生れた天孫降臨じゃ」というものです。何が何だか意味が理解できないので解釈を求めると、うまく説明が出来ず、結局私を布団から追い出すのでした。あとは、神戸の日曜学校で教わったという関西弁の賛美歌を、調子外れに歌ってくれるぐらいのものでした。

布団の中でおとぎ話を聞いていたある日、私は父の鎖骨のところと脹脛《ふくらはぎ》に大きな傷跡があるのに気がつき、何かと聞きました。父はあまり話したくない様子で、そのたびごとに、二階から傘をパラシュートに見立てて飛び降りたとか、自動車レースで怪《け》我《が》をしたとか、外国人の水兵とけんかをして刺されたとか、違う説明をします。これは何かあると、当時関西に住んでいた父の妹の三子に聞いてみることにしました。

彼女によると、父は少年時代に筋炎《きんえん》という病気にかかり、その傷跡は手術の跡だと教えてくれました。そして彼女は何やら古びた手箱を持ってきて、中から「次郎闘病記」と書かれたノートを取り出しました。中を開いてみると、そこには彼の母が毎日書き続けたと見られる熱のグラフや病状、食事の様子などが、克明に記されていました。それは子供の目から見ても、母親の我が子を想《おも》う気持ちが溢《あふ》れ出ている記録でした。私たちとは遠く離れて関西に暮していた祖母に、日頃何かにつけて感謝の言葉を口にしていた父に、その時納得がいきました。

何故《なぜ》か本人たちがあまり話してくれなかった両親の過去に私は興味を抱き、その後何年もの間、父のことをいろいろと教えてくれ、父の子供の時のことを話してくれと、叔母に会うたびに話をせがんだものでした。同時に母の兄・樺山丑二《ちゆうじ》にも、母のことを聞いてみたいと思い、質問攻めにしたものです。

印象深い話を一つご紹介します。

生れたときより普通の日本人とは少し違った風貌《ふうぼう》をもっていた父を、祖母が乳母車に乗せて神戸の港に散歩に行った折のことです。港で働く人たちが、祖母と乳母車の中の父を見比べ、「お父さんはもうすぐ帰ってくるからね」と、外国人の船乗りに捨てられた可哀想《かわいそう》な母子《おやこ》を哀れむように、声をかけてくれたらしいのです。それを聞いた祖母は怒髪天をつき、二度と父を連れて港に行くことはなかったそうです。

父が育った家の玄関の脇《わき》には小さなお座敷があって、菓子折が積み上げてありました。それは、近所の子供たちとのべつ幕なしに喧嘩《けんか》をして、必ず勝利を収めていた父のために、祖母が謝罪の手土産とするための菓子折だったそうです。子供のころ、軽いどもりだった父は、口が思うように廻らず、先に手が出ていたものと思われます。そのどもりは、彼が後年イギリスに行った時には、英語はちょっとどもって話すのがスマートだそうで、役に立ったといいます。真偽の程はわかりませんが。

十七歳のとき、イギリスのケンブリッジ大学クレアカレッジに入ったのですが、その留学も（後年父が自分で話してくれたところによると）、父の手の付けられない硬派ぶり軟派ぶりに手を焼いた祖父が、一種の島流しにしたというのが、事の真相のようです。

父は母の兄、樺山丑二と、海外から帰国する船の中で知り合ったそうです。その伯父から聞いた話ですが、彼等の帰国後しばらくして、京都のさる家でパーティーが催

5歳の次郎(右端)　兄、姉、妹と。明治40年12月15日撮影

されました。そのパーティーの目的は、実はそこの家のご長男と正子のお見合いでした。その家は次郎の家とも親しかったらしく、次郎も招待されていました。その場で伯父が次郎に妹の正子を紹介すると、三十分後には二人でどこかに消え去ったそうです。あんなに困った事はなかったと、伯父は何度も口にしておりました。

これは父方の三子叔母から聞いた話ですが、その数日後に父は、自分の枕許《まくらもと》にあった「異人さん」の女性の写真を写真立てから無慈悲に取り出し、早くも手に入れた母・正子の写真に入れ替えたそうです。後年父と英国に行った時に、私もその「異人さん」の女性に会う機会がありましたが、素晴らしくエレガントな女性で、もし父が彼女と結婚していたら自分は存在しなかったということも忘れて、それはそれで良かったのではないかと思いました。でも父は国際結婚には懐疑的でした。国際結婚をした彼の友人が、一度でよいから浴衣《ゆかた》を着て畳の上で音を立てて蕎麦《そば》を喰いたい、といつも言っていたことに影響されていたようです。

新婚旅行の車

母には、物や場所に、あたかも生命があると信じているかのように思われる行動がたびたび見られました。

自分が買った骨董《こっとう》を何かの理由で手放す時、誰も聞いていないのを秘《ひそ》かに確かめた上で、「可愛《かわい》がってもらうんだよ」と小声で呟《つぶや》く。長い間使っていた食器が修復不可能なほど割れてしまった時には、「長い間ありがとう」と言う。何日か過したホテルや旅館の部屋を去るときには、「楽しかったよ、ありがとう」と、仏様を拝むがごとく手を合わせるのでした。母の死後、戸棚の中やそこかしこに、どうしてこんな物を取って置いたのだろうというような品々が山のように遺《のこ》されてありましたが、きっと、彼女のそういう気持が働いた結果なのでしょう。

自分たちが昔持っていたランチアが、銀座に駐車してあるのに遭遇したことがあったそうです。その時も車の後部に手をあてて「元気でいるんだよ」と言ってきたそうで、私は思わず、彼女が数年ぶりに旧友に出会った光景を想像しました。その折に初めて、それまで聞いたことがなかった新婚旅行の話を少ししてくれました。

そのランチアはカブリオレで、今でも数枚写真が残っていますが、一つとして幌《ほろ》をかけたショットがありません。母によると、幌を畳んだ姿の方が恰好《かっこう》がよいという理由だけだったらしいのですが、雨が降っても幌をかけた事は一度もなかったそうです。ある冬の日の写真では、着物を着て厚いショールに首を埋めてランチアに乗った、寒そうな祖母も写っています。祖母を気の毒に思いました。

二人が結婚したのは昭和四年（一九二九）十一月、次郎二十七歳、正子十九歳のときでした。以前より、父と母の結婚式の写真がないのを不思議に思っていましたが、ある日、父方の叔母が持っていて見せてくれました。なぜ我が家にないのかと尋ねますと、父と母はその写真をひどく嫌っていて、見つけると破り棄《す》てていたそうです。叔母が、父と母の目に触れないように隠しておいてくれていたために、それは残っていました。アルバムになっていて、披露宴の様子も写っていました。母が『白洲正子自伝』を書いていた時、父のことも書くために、その叔母から大量に父の写真を借りて返さないままになっていましたが、その結婚式のアルバムだけは、母も叔母も亡《な》くなった後、見あたりません。母が捨ててしまったのでしょうか。

次郎と正子の結婚写真　京都のホテルにて
正子はこのドレスがお気に召さなかったらしい

しかし、叔母の遺品の中に、モーニングを着た父とウェディングドレス姿の母の写真がもう一枚だけ、ぽつんと残っていました。叔母は、結婚式の写真を破り棄てていた兄夫婦を思い出し、秘かにとっておいたに違いありません。私が見るところ、そんなにひどい写真ではないと思うのですが。父がそれを嫌った理由は不明ですが、母はどうも、自分の母が生きているうちにと急いで注文したウェディングドレスが、お気に召さなかったようです。

父と母に結婚した理由を尋ねると、二人とも口を揃《そろ》えて、母の母が病気で余命いくばくも無かったためだ、早まった、と照れくさそうに言っておりました。京都の都ホテルで、ごく内輪の人たちを集めての結婚式の後、次郎の父がお祝いに買ってくれたランチアで東京まで帰ってくるのが、新婚旅行だったそうです。現代と違い、高速道路もなかった時代ですから何日もかかったそうです。

母は晩年、鶴川の家（父が「武相荘《ぶあいそう》」と名づけました）の、小山に通じる小路の入口に「鈴鹿峠《すずか》」という石塔を据えました。新婚旅行の道中、鈴鹿峠が一寸先も見えぬ霧で、車を降りて道の谷側を歩いて父の運転する車を導いて峠を越えたと、その石塔を見ながら、得意気に言っておりました。新婚旅行の思い出はそれだけだそうです。まさかそのたった一つの思い出だけのために石塔を買ったとは、誰にも思われたくなかったようですが、彼女の心の中に、自分でも気が付かない力が働いていたのは否定できないところです。

路肩を歩いた時に、運転する方が楽に違いないと思いついた母は、父に運転を習うことになりました。母の実家があった大磯で運転のお稽古《けいこ》を始めたのはよいのですが、父のあまりの口うるささに母の堪忍《かんにん》袋の緒が切れました。峠で車を降りて歩いた苦労はどこかへ吹きとび、三十分足らずで車を飛び降りた彼女は、「運転なんか出来なくたって、いつか生れて来る子供に乗せてもらうからいい！」と啖呵《たんか》を切り、二度と運転をする事はありませんでした。それが結婚後初の、そしてそれから限りなく繰り返される事になる夫婦喧嘩《げんか》の、始まりだったそうです。

その言葉通りに、母は何かというと私に運転させて助手席に陣取り、あちこちに出かけるのが大好きでした。そのたびに、あの時の言葉通りになった、ざまあ見ろ、という父への優越感に浸るのでした。

そのことに関して多少の後悔があったためかどうかは謎《なぞ》ですが、父は私が中学生の頃から、運転を覚えるのは早い方がよいと、当時彼が乗っていた三菱《みつびし》ジープの運転席の背に、ブレーキやアクセルに足のとどかない私のためにクッションを置き、一生懸命運転を教えてくれました。しかし教える相手が娘に変っても、彼自身はその間に変ったわけではありません。最初は忍耐の力がはたらいていたのでしょうが、何回かのレッスンの後に、母にしたのと同じ口うるさが頭をもたげ、私も母と同じく、父と決別する結末となりました。しかたなく父は運転の先生を下の兄に譲り、私は無事に十六歳で運転免許を手に入れることができました。

私の息子は、母が、物や場所に生命があると信じていたようだったのを知るよしもないのですが、彼が大人になった現在、母と同じような気持を持っているのがはっきりと見て取れます。私が最初に運転を習った三菱ジープの事など知るはずもない息子が、ベージュとあずき色の二色に塗り分けた、色まで同じ、今ではクラシックカーとなった三菱ジープを購入してきた時には、不思議な気持がしました。

母の晩年、父に似て車好きの私は、念願かなってドイツ製の四輪駆動車を手に入れました。その車はドイツ人向けらしくかなり床が高いもので、スカートをはいていると乗るのに苦労します。母はその助手席に乗るのが一苦労で、いつも私が助手席の外にまわり、尻《しり》を押して乗せていました。

ある朝、母がうれしそうな顔をして、前夜に見た十八世紀の物語の映画で、貴婦人が馬車に乗り降りする時に玄関番がさっと二段の台を用意するのを見たと言うのです。

それから母は、いつもの熱心さで骨董屋さんを聞き回ったらしいのですが、そのような台を手に入れることは出来ませんでした。車に乗り降りするたびに台、台とうわ言のようにくり返し言う母に、私は困って、風呂場《ふろば》で体を洗う時に使う椅子《いす》を買って来ました。母はそれを見て不満顔でしたが、馬車を乗り降りする貴婦人の姿が眼に焼きついているらしく、結局その風呂の椅子を使うようになりました。乗り降りするたびに、映画の貴婦人の仕草をそれとなく真似《まね》しているのが見て取れて、何だかおかしかったのを思い出します。

母が居なくなった今、その椅子は、我が家の冷蔵庫の上段を見るときに調法しています。

御殿場《ごてんば》

祖父（樺山愛輔）の別荘であり、多分母の青春の想《おも》い出がたくさん詰まっていただろう御殿場の家には、どういう訳か私は二、三度しか連れていってもらったことがありません。母も私に、御殿場の家のことはあまり話してくれませんでした。それは、過去を振り返らないという母の性癖のせいだったのかもしれません。

私の僅《わず》かな記憶では、大きな萱葺《かやぶ》き屋根の門をくぐると、しばらく細かい砂利を敷いた道が、これまた大きな萱葺き屋根の家まで続いていました。

家の前は一面の野原で、夏の終りには、桔梗《ききょう》、女郎花《おみなえし》、われもこう、竜胆《りんどう》などの秋草が咲きみだれていました。桔梗は花が夕方咲く時に「ポン！」という音がすると母に聞き、何とかその音を聞いてやろうと、子供の背丈ほどある草々の野原に薄暗くなるまで座り込み、私がいないのに気付いた大人たちに探し回られたことがあります。いまだに桔梗を見ると、何とかその音を聞いてみたいものだと思いますが、多分母の嘘《うそ》です。

その野原の中ほどには、木の柵《さく》で囲まれた松の木がありました。その松は昭和天皇の御手植えだったそうです。

家の玄関を入ると右手に大きな土間があり、鹿《しか》などの剝製《はくせい》の首が壁にかかっていて、夜になると目が光って動くと大人に脅かされ、怖い思いをしました。又、大きな暖炉があり、チョロチョロと燃える薪《まき》の前で祖父が籐椅子《とういす》に座り、いつも英語の本を読んでいました。土間の上の二階には洋室のベッドルームがあり、壁紙、ベッドカバー、ソファーが同じ花模様の、きれいな部屋でした。

土間の左手には日本間がいくつかありました。一番奥は台所で、家の中につるべで水を汲《く》み上げる、冷たい水の井戸がありました。その井戸の中には、大きな暗い所にいるために目がない鯉《こい》が棲《す》んでいるという話でしたが、真偽の程は明らかではありません。

私はその暗い大きな台所と、昔から樺山の家にいたお手伝いさんの「アサさん」がそこで食事を作るのを見るのが大好きでしたが、アサさんは、のべつまくなしチョロチョロ台所の中を動き回る私に、何度となく台所に来てはいけないと、怖い顔をして言い渡しました。しかし、その怖さに勝る台所への誘惑に負けて、相変らず出入りする私に、アサさんはいつか根負けして、豆をむいたり、鰹節《かつおぶし》を削ったりという簡単な作業を、言いつけるようになりました。それは、私を動かずにじっとしていさせるという点で、一石二鳥でした。

私は小さい時から落ち着きのない子供でした。幼稚園に行っても片時もじっとしていなかったそうです。母の本の間に挟まっている押し花を、私が飽きずに日の光にかざして眺めているということを母から聞いた先生は、一計を案じました。幼稚園の座《ざ》布団《ぶとん》の下に花を置き、座布団に座っていないと押し花ができませんよと言って、その先生は私を座らせていたそうです。立ち上がりそうになる私に、「押し花、押し花」と連呼すると、またあわてて座ったそうです。

母は、あれこそ真の教育者だと、後年何度も、その話をするたびに言っていました。しかしその教育は功を奏さず、大人になった今でも、私が一つの事に長い間集中できないのは同じで、一種の多動性症候群のようです。

森の中の、真中に朝の露を含んだ草の生えた、轍《わだち》のあとだけが残る道を抜けていくと、突如景色が開けて、牧場がありました。母はその牧場の人たちと懇意だったらしく、馬を借りてうちまたがり、牧場の草原に消え去っていきました。私のために、牧場の人がポニーを連れて来てくれましたが、母がポニーは意地悪だから子供には駄目

樺山愛輔、御殿場の別荘にて

愛輔の書斎

だ、普通の馬に乗せてやってくれと言い、こんどは馬が連れてこられました。長い睫《まつ》毛《げ》のやさしい目をしたおとなしい馬で、ヘンドリックスという名前でした。目と目の間を撫《な》でてやると、気持が良さそうに目を細めていました。その馬に乗せてもらったときは、回りの景色が変わって見えるほどの高さに驚きました。手綱をとってもらい、牧場の中を馬に乗って歩き回るのは、とても気持のいいものでした。

後年、映画の「風と共に去りぬ」を観《み》ていた時、子供がポニーに乗っているシーンを見て御殿場のポニーを思い出し、なぜ子供のためのポニーに私が乗ることに反対したのか、母に尋ねました。彼女によれば、自分が子供のときに与えられたポニーがとても意地が悪く、大人が見ていないと母に嚙《か》みついたり、振り落したりしたからだそうです。きっと親がけちで、安いポニーしか買ってくれなかったせいだ、どことかさんの何とかちゃんのポニーはとても大人しくて羨《うらや》ましかった、などと言っていました。

その御殿場の土地も、祖父が一九五三年に八十八歳で亡《な》くなると、相続税のためか他人の手に渡り、家だけは箱根に移築されたそうです。母は御殿場の家が非常に好きだったらしく、移築された家も自分の思い出に傷がつくような気がするから見たくないと言っておりましたが、『白洲正子自伝』を書いている頃、出版社の方たちと訪れたようです。見たくないと言ってたじゃないかと、私が言いますと、「もうそんな気持は乗り越えた。昔のことなんぞもうどうでもいい」と、又、過去には固執しない自分をアピールするのでした。

大磯

母の実家である大磯の家に、母と一緒に訪れた記憶はほとんどありません。皆で撮った集合写真にも私の姿はなく、母に尋ねますと、「あんたは腹の中」という答えが返ってきました。でも、小学生の時に二、三回、夏休みの何日かをそこで過ごした記憶があります。

東京への通勤が可能になった他の都市と同じく、当時の大磯は、現在の人口増加や自動車の騒音もなく、海からかなり離れたその家でも、夜中に目がさめると波の音が聞こえ、羊の数ならぬ波のくずれる音を数えているうちに、又眠りにつくといったふうでした。ほとんどの商店や住宅に住む人たちは皆知り合いで、小さな「大磯」という社会が形成されていました。

祖父（樺山愛輔）は寡黙《かもく》な人で、向うから何か私に話しかけてくれることはありませんでしたが、私がそばに行ったり、なにか質問したりするのを拒否する態度は微塵《みじん》も感じられず、黙って受け入れてくれました。昼間でも薄暗い祖父の部屋にそっと入っていくと、外の明るい日差しや生活とはまったくの別世界が広がっていました。本棚の、革張りであせた金文字の大事そうな本から発していると思われる良い匂《にお》いや、壁にかかっている数々の外国の写真が、私に見たこともない世界を感じさせました。自分を取り巻く世界とは、まったく別の人間が生活しているところが、どこか遠い世界に存在するのを認識しました。私が西洋に触れた、最初の一ときだったと思います。

椅子《いす》に座っている祖父の足元に座ると、祖父は黙って席を立ち、子供向きとは思えない、船や動物や景色などの写真や絵が載っている本を手渡してくれました。それらに見飽きると、私は本を閉じて祖父の机の上に置き、部屋からそっと出てくるのですが、その間ずっと、祖父は私に一瞥《いちべつ》もくれることはありませんでした。

私は、毎日同じように繰り返される、祖父の朝食の光景を見ているのが大好きでした。祖父の朝食は毎日決まったものでした。飲物や他の物はまったく記憶にないのですが、覚えているのはトーストです。薄く焼いた二、三枚のトーストに、貝の柄のついたナイフで一枚ずつバターとジャムをつけ、まずパンの耳を丁寧《ていねい》にナイフで切り取り、更にパンを小さな角に切り分け、ゆっくりと口に運びはじめます。最初の一口の「カリッ」という乾いた音を聞きもらすまいとじっと耳を澄ませている私に、二切れ目を黙って差し出してくれました。私も祖父の真似《まね》をして、最初の「カリッ」という音が出るように細心の注意をはらったものです。トーストを食べ終ると祖父は、皿の隅によけておいたパンの耳を、長い時間をかけて細く切り、皿を持って立ち上がると窓を開け、庭に向って少しずつまき、毎日の御馳走《ごちそう》を待ち構えている小鳥たちがそれをついばむのを、目を細めて見ているのでした。

祖父は時々、東京に出かけて行くことがありました。夏は決まって、白い麻の背広上下を着て白いワイシャツに蝶《ちょう》ネクタイをしめます。玄関がわりに使っていたガラス戸のついた廊下に腰をおろし、大きな縁石の上に靴を並べ、靴紐《くつひも》をといて靴を履き始めるのですが、誰かが横から手伝おうと手を出すと、パッとその手を払いのけていました。そんなことは自分でやるのだという、厳然とした拒否の姿勢が見て取れました。靴を履き終ると、几帳面《きちょうめん》にきっちり包んだ風呂敷《ふろしき》包みを小脇《こわき》に、夏の強い日差しの中へ歩き出して行きました。明るい夏の日差しの中で、白といってもちょっと色のついた麻の上衣《うわぎ》と木綿の真白なワイシャツとの微妙な白の対比が、子供の目にとてもきれいに映りました。

夕方帰って来ると、麻の背広は出かけていった朝よりも皺《しわ》が増えていました。小さな声でお帰りなさいと言うと、無言で頭を撫《な》でてくれました。

大磯の家の近所には、疎開《そかい》のために別荘に引越して来てそのまま住み着いたり、東京に戻っても又夏だけ大磯にやって来る、祖父や丑二伯父の知り合いがたくさんいました。それらの家々には当然子供たちがおり、一つの大きな子供だけのグループが出来ていました。どういうわけか私より年下は一人しかいなかったのですが、大磯の家には私より一歳年長の双子の女の子の従姉妹《いとこ》が居て、彼女らもそのグループに属していました。

非常に活発だった彼女たちには、時折田舎から出現する、この汚い従姉妹が負担だったらしく、ことあるごとに、去年と同じ洋服を着ているだとか、名前が変だとか、自転車に乗るのが下手だとか、泳げないとか言って、仲間外れにされたものです。今で言えば「イジメ」なのでしょうが、後年考えてみると、彼女たちにとっては無理のないことでした。今になってみればよい経験だったと思います。「イジメ」という代物《しろもの》は、人間の社会に神代の昔からあったように思います。いじめられて初めて人の痛みが理解出来て、大人になってから社会に迷惑をかけることなく、生活して行くことの出来る人間に成長して行くのではないかと思います。逆に、子供の時にイジメを経験しないで社会に出て、そこで初めてイジメにあったりしたらと思うとゾッとします。

などときれい事を言っておりますが、実は、今思い出しても腹が立つような経験でした。今、良い経験だったと思えるようになったのは、私と違って生来のネアカであった母が口癖のように言っていた、「何事も良い方向に考えないと損をする」という言葉のおかげだったのかもしれません。

私の両親は、私が生れる前の一時期、大磯の海岸に面した貸家に住んでいたことがあるそうです。その家は、台風の時など、縁の下に波が時折押し寄せて来るほど海に近く、母は、一年中何かベタベタして、ゴムの物はくっついてしまうし、金属はすぐ錆《さ》びてしまうと言っていました。が、二人とも何か非常に思い出深い家だったらしく、のちにその家が売りに出されたと聞いて問い合せたほどでしたが、数年後に家の目の前を西湘道路《せいしょう》が通ることが判明し、購入するのを断念したと聞きました。

後年、私の息子を大変可愛《かわ》いがってくれた丑二伯父夫婦の住む大磯の家へ、息子を連れて何度か遊びに行きました。運動神経の固まりのようだった伯父が、釣りの好きな私の息子を庭に連れ出し、糸の先にフライのついた釣竿《つりざお》を持たせて一生懸命投げ方を教えているのを、祖父が小鳥にパンの耳をやっていた同じ窓を通して見ているのは楽しいものでした。

大人になっても、御殿場の家でのように台所に出入りする癖がやまなかった私は、大磯でも台所に常に出入りしていましたが、来てはいけないと私を叱《しか》った「アサさん」は既に亡《な》く、母と同い年の「チャーヤさん」が色々と鹿児島の料理を教えてくれたり、昔話をしてくれました。ひさこさんがひちゃこになりチャーヤになったのが、その呼び名の由来とのことです。

鹿児島特有の食材である、猪《いのしし》や豚を調達してくるのは祖父の役目でした。祖父は私が中学生のときに亡くなったので、小学生の頃のことかと思いますが、荒縄で中が見えないほどぐるぐる巻きにした豚の塩漬けを裸のままぶら下げて、夕陽を背に受け、大磯へ帰ってくる祖父の姿がいまでも眼に浮かびます。

普段は洋服であった祖父が、塩漬けの豚をぶら下げて帰ってくる時はいつも、どういうわけか和服だったそうです。想像ですが、何か和服を着て参加する会合で、鹿児島出身の、塩豚を分けてくれる知人がご一緒だったのか、またはその会合の場所の近所に、塩豚を売っているお店があったのではないかと思います。ちなみにその塩豚は塩出しして、黒糖と焼酎《しょうちゅう》で煮込むそうです。

もう一つ、印象的だったのは「さつますし」の話でした。さつますしは鹿児島の典型的な郷土料理で、すしといっても酢が入っているわけではなく、色々な具をご飯と交互にすし桶《おけ》に詰めて、鹿児島の地酒をかけて押しておくという代物です。最近読んだ本に、さつまずしの発祥は、宴会の後で残った食べ物や地酒をすべて甕《かめ》にぶち込み、翌日それを食べてみたら非常に美味《おい》しかったので、鹿児島の各家庭に広がった名物料理だ、と書いてありました。

南国の大らかな酒盛りの風景が眼に浮かびます。宴会には、さつまずしと、身をすしの具に使った鯛《たい》の潮汁《うしおじる》、そして枕《まくら》が用意されており、酒で押したさつまずしに更に酒をかけ、潮汁をすすり、酔っぱらうと用意されている枕を使って一寝入りし、目覚めてはまた食いかつ酒を飲む、という繰り返しだったそうです。酔っぱらって、後片付けは残り物を甕にぶち込むのが精一杯だった、さつまずしの由来が想像されます。

我が家では、誰もさつまずしを作らなくなった樺山の家からもらってきた、裏に朱で「かばやま」と書いてあるさつまずし用のうるし塗りの桶で、今でもそれを時々作り、(枕はありませんが)楽しんでいます。

もう一つの鹿児島の代表的な料理に、漢字でどのように書くか解《わか》らないのですが、「ししのしゅんかん」というものがあります。チャーヤさんに作り方を教わったのですが、母が存命の頃、材料の値段を聞き、さすがの正子もびっくり仰天で、それ以来中断したままになっています。

祖父は「ししのしゅんかん」が食べたくなると、皮付きの猪肉《ししにく》を、またどこからともなく調達して来ては、無言で台所の調理台兼まな板の上に置いたそうです。余談ですが、そのまな板は現在、武相荘の玄関の上がり框《かまち》になっています。

皮付きの猪肉は、まだ猪の硬い毛が残っており、お風呂の焚《た》き口に、鉄の丸い長い棒切れを突っ込んで真っ赤に焼いて、それで猪肉の皮の上に残っている毛を焼き切るそうです。チャーヤさんによると、真っ赤に焼いた鉄棒を猪肉の皮にあててころがすと、「ジーッ」という音がして煙が立ち上りなんともいえない悪臭が漂い、大嫌いな仕事だったそうです。

後年、その丸い鉄棒を欲しがる私のためにお蔵を探してくれましたが、見つかりませんでした。何か、残った毛を焼き切る方法を考えて、悪臭に挑戦してみたいと思います。

祖父が亡くなった時に「アサさん」は、祖父の部屋に入って来て正座し、「旦那《だんな》様、長らくお世話になりました」と深々とお辞儀をし、それは見ていても威厳のある立派な態度だったそうです。

その大磯の家も、代が替わって分譲地になってしまいました。家が取り壊されるとき、祖父の寝室があった二階へ上がる階段についていた木製の手摺《てすり》を、我が家に持ってきて取りつけました。階段を上り下りする時、その手摺を握っていた祖父の指の形を時々思い出します。

母と外国

正子は大正十三年（一九二四）にアメリカに渡り、十四歳から十八歳までを、ニュージャージーにあるハートリッジスクールという全寮制の女学校で過しました。祖父の友人のミセス・クラークという方が、母の面倒を見て下さったそうです。

ミセス・クラークの家は丘の頂上にあり、門から見上げると小さな家がポツンとあるように見えるのですが、それは実は玄関で、そこから下に向って、延々と丘を舐《な》めるように、下の方まで家が続いていたそうです。母は初めての外国だったせいか、その家の印象が強かったらしく、折にふれその家の話をしていました。花模様の椅子《いす》やレースのベッドカバー、食器のことなども克明に覚えていて、私もその家を見たことがあるような気分になるほどでした。

学校での生活は、よく勉強する暇があったものだというくらいに多彩で、冬はスキー、夏はキャンプや水泳、加えて乗馬やテニス、ホッケーという具合でした。キャンプというとテントを張るものと思うのですが、山の中の、台所もベッドもある丸太小屋に寝起きし、釣りをしたり、マッチなしで火を熾《おこ》したり、猟銃のお稽古《けいこ》をしたりして過したそうです。十代の娘っ子に銃なんてと思いますが、当時、まだアメリカではフロンティア精神が息づいていたらしく、銃くらい扱えなければ、一人前の女とはいえなかったらしいのです。

負けず嫌いだった母は、彼女の言によると、勉強でもスポーツでも「何だって一番だった」そうです。母の死後、片付けていると、学校時代の古いノートなどが出て来ましたが、整然と並んだ文字を見て、もしかするとそれは本当だったのかなと思いました。

煙草《たばこ》を吸うのを覚えたのもその頃でした。部屋で煙草を吸っている最中に、先生の見回りの足音が聞こえると、皆大慌《おおあわ》てで、火のついたままの煙草を机の引き出しに放り込んで、何食わぬ顔をして勉強をしている振りをし、おかげで皆の机の引き出しは焼け焦《こ》げだらけだったそうです。そもそも割り当てられた机の引き出しには、既に先輩たちによる無数の焦げあとがついていたそうです。何度かに一度は、煙草をそこに放り込むのが間に合わずに見つかって、職員室に連れて行かれ、長時間のお説教と色々な罰を与えられたのですが、そのたびに可愛《かわい》い顔をして二度としませんと言い、

ハートリッジスクールでの正子（右から４人目）

「先生はちょろい」と、それを何度も何度も繰り返したそうです。そうやって十四歳で覚えた煙草は、亡《な》くなるまで手離すことはありませんでした。

母がスポーツをしている姿は、ゴルフと水泳ぐらいしか見たことがありません。

ゴルフはスコアーはともかく、ボールを打つ時の集中力は相当なもので、回りのことは一切目に入らなくなるようでした。が、角川書店の創業者・角川源義《げんよし》さんがやっておられた、上手な方たちは参加出来ない「吹き溜《だま》り」という会に参加させて頂いていたのですから、腕前の方は推して知るべしだったのでしょう。長い間紫外線を浴びると湿疹《しっしん》が出来るようになってしまったという理由で、母のゴルフライフは、ある日突然幕を閉じました。しかし、負けず嫌いで自分では認めたくなかったのでしょうが、思うように上手《うま》くならなかったから、というのが本当の理由かもしれません。

水泳は、確かに上手でした。私が子供のころ、母と一緒に海女《あま》さんの舟に乗せてもらったことがあるのですが、彼女たちと一緒に潜ったり泳いだり、舟の上で見ている私が、あんたのお母さんは本当に泳ぎがうまいよと、誉《ほ》めてもらうほどでした。学習院の沼津の合宿で、水泳を教えていたというのは本当でしょうか。

母がテニスをしているのは見たことはありません。が、ある日私がテニスをしてい

箱根の富士屋ホテルにて

ベニスにて　昭和30年代

るのを、犬の散歩の途中で立ち寄って見た母が、自分の方がもっと上手だったとのたまい、私は私で、娘に張り合う母親を憎らしく思ったものでした。

最近になって私は、沖縄の三線《さんしん》と、石垣島出身のバンド「ビギン」が開発したギターと三線の間のような「一五一会《いちごいちえ》」という楽器を習い始めました。夫がギターを少々たしなみますので、何か楽器が楽しめたらというのが始めた理由です。が、よくよく自問自答してみると、あまりそうは思いたくないのですが、母の出来ないこと（もう彼女がいないのにもかかわらず）をやってみたいという気持が、自分の心の奥にあるらしいということに気が付きました。

もし、私が楽器をひくのを母が見たら、まったくの無関心を装《よそお》ったでしょう。あるいは、琉球《りゅうきゅう》好きだった彼女は、私の三線に合わせて見よう見まねで琉球風の踊りを踊ったかもしれません。その二者のうち、どちらかであっただろうというのは確実です。

四年間の女学校を終えていざ大学も決ったところ、金融恐慌《きょうこう》が起り、経済的にアメリカに滞在する事が出来なくなった正子は、帰国を余儀なくされました。帰国してからは、やれ源氏物語だやれ習字だと、毎日毎日先生が来て机の前に座らされ、本当に嫌で嫌で、自由で楽しかったアメリカでの生活を懐《なつ》かしんだそうです。しかし、あのまま自分がアメリカの大学に進学していたらどうなっていたろう、日本のことなど何も理解しないまま一生を終っていたろうと、晩年繰り返し言っておりました。アメリカの大学に行けなかったのは無念だったでしょうが、そういうことは忘れる、生来の楽天的な性格だったようです。

結婚後も、商用で外国に行く父に何度か同行していました。四十代の後半に、何を思ったか、一人で中近東からヨーロッパへ旅立って行きました。骨董屋《こっとうや》巡りが主な目的だったようで、銀化したガラスなど色々と買物をして来ました。国内便の、隙間《すきま》風の入ってくるような飛行機に乗ったり、戦争中の買出しのときのように商人たちを相手に値切ったり、日射病で高熱を出して夜寝込んだり、といろいろと大変な旅だったそうです。

イランのホテルで寝込んでいる時に、ルームサービスでメロン（と本人は言っていましたが、本当はスイカのようです）を頼んだら、この世の者とも思えぬようないい男がそれを運んで来ました。そして「ヘンダワネ」と繰り返し言うので不思議に思い、英語の出来ない彼を身振り手振りで追及すると、なんとイランの言葉でスイカのことを「ヘンダワネ」というのだったという、嘘《うそ》のような話もしていました。

中近東からヨーロッパへ向い、ローマの飛行場に着き、イミグレーションでパスポートを出したときに名前を聞かれました。マサコシラスと答えると、「マサコ？　マサカ」と言われてびっくりし、よく考えてみるとイタリア語では女性の名前はAで終り、男性の名前はOで終るので、イミグレーションのお役人は本能的に「マサカ」と言ったらしい、というような話もしてくれました。

その旅行の間、私は父と軽井沢にいました。父は普段のガミガミ亭主ぶりが影を潜め、母から来る便りを運んで来る郵便屋さんを楽しみに待っています。カレンダーの、母の帰国の日に丸をつける父を見て、夫婦というものは、他の人には理解出来ないものだなあと、真底思いました。

帰国した母は、購入してきた様々な骨董品を知り合いの方々にお分けしていたようですが、父は、「旅費は何から何までオレに払わせて、土産を売った金は自分の懐《ふところ》か」と、渋い顔をしておりました。

母の教え

アメリカ軍の占領時代、父は終戦連絡事務局に勤めていました。それで知り合いになったアメリカの将校さんの家のクリスマスパーティーに、母が私を連れて行ってくれたことがあります。

子供のいないそのご夫婦は、大勢のアメリカ人の子供たちを招待していました。初めて見た西洋人の子供、巨大なクリスマスツリー、聞いたこともない言葉、すべてが衝撃で、何十年経《た》った今でもはっきりと脳裏に焼き付いています。ものおじせず、どんどんお喋《しゃべ》りしている子供たち、一言も理解出来ず呆然《ぼうぜん》としている私、そんな私にも一生懸命何かを話しかけてくれる彼ら。子供心にも、戦争に負けたのは無理もないと妙に納得させられてしまった光景でした。母はというと、私と違って何の違和感もなく、アメリカ人の母親たちに溶け込んで楽しそうに談笑していました。

クリスマスツリーの回りを埋めていたプレゼントが、子供たちに配られ始めました。

サンタクロースやベルのついたきれいな包み紙に包まれた小箱が、私にも手渡されました。急いで開けてみると、今まで見たこともないような、きれいな小さなお人形が出て来ました。うっとりして眺めていると、突然、金髪で巻き毛の女の子が何かを言いながら近付いて来て、真っ青なガラス玉のような眼で私を見据え、私の手からお人形を引ったくり、かわりに違う包みを私に押し付け、立ち去ったのです。今でも、真っ青な眼を見ると、一瞬恐怖を覚えます。瞬時の出来事に訳も解《わか》らず、その包みを開けてみると、中からさっきのお人形とはうって変った熊《くま》（後日猫と判明しましたが）が出て来ました。あのお人形の方がよかったのにと、助けを求める視線を母に送りましたが、相変わらず母はアメリカ人の母親たちと楽しそうに談笑し続け、私の視線に気が付きもしません。

家に帰り、母に泣きながら一部始終を話すと、母は見たこともないようなこわい顔をして、自分が欲しいと思ったら絶対に手放してはいけない、なぜ取り返してこなかった、それはお前が悪い、と言うのです。慰めの言葉を期待していた私はびっくりして、英語だったのでその子が何を言ったのか理解出来なかったと言いますと、日本語や英語の問題ではない、意志の弱さが問題だ、と、慰めてくれるどころか、母は怒り狂うのでした。

着物に日本髪という、珍しい正子のポートレート

今でも、問題の猫は我が家の壁にぶら下がっています。私はそれを見るたびにその日のことを思い出し、自分が手に入れたい物は天からは降っては来ないのだと、奮起する日々です。

日本語では「何々ではありませんね」という問いかけに、否定の場合は「はい」ですが、英語では「ノー」です。その時、母は、「ノー」の時はあくまで「ノー」と言うのだと、私に対する生涯一度の英語のレッスンをしてくれました。今でも、妙にその教えに助けられることが、時々あります。

その生涯を通じて、母が、欲しいものは絶対に手放さないという場面は、しばしば目にする機会がありました。娘や息子が相手でも、彼女が容赦することはありませんでした。

普通より早い時期に母娘《おやこ》の立場が入れかわったようで、大人になってからの私は、「娘」の欲しい物ならしょうがないというような気持で、母を許せるようになりました。しかし、母は骨董《こっとう》の買い物や仕事の上でも、他人様《ひとさま》相手にそのようなことをやっていたに違いありません。心苦しいかぎりでございます。

母は、経済的な、あるいは何か別の理由で手に入れられない物については、ほかの物に置き換えて自分を納得させることに、非常に長《た》けていました。彼女が好んで指輪やアクセサリーに仕立てていた、古墳から出土したガラスなどは、その好例のような気がします。もし彼女が、何カラットものダイヤモンドなどを買うことが出来ていたら、古墳のガラスにも、それほど興味を示さなかったように思います。

また、もし高価なやきものを買うことが出来ていたら、あのようには、雑多な物に興味を示さなかったのではないかと思われます。彼女の「下手《げて》もの好き」は、下手ものでで自分を納得させるために、金額では計れない価値を追い求めた結果に違いありません。

日頃の行動についてもそうでした。喘息《ぜんそく》という病気は、多分に精神的なものに左右されると聞いております。喘息持ちだった母は、行きたくない所に行かねばならないときや、やりたくないことがあると、あっという間に喘息が出て来ました。喘息が起きたから行けなかった、出来なかったと言うことで、後ろ暗さを正当化しつつ、自分を納得させていたのでしょう。その直後になにか面白そうなことがあると、喘息はあっという間に治ってしまいました。

吉田茂さん

母方の祖父、樺山愛輔が亡《な》くなったのは、昭和二十八年（一九五三）、私が中学生の時でした。両親は祖父の住んでいた大磯に早々と行っていましたが、何故《なぜ》か一人だけ東京に残っていた私を、当時総理大臣だった吉田茂氏とお嬢さんの麻生《あそう》和子さんが、大磯まで連れていってくれることになりました。白バイ数台に先導されて走る大臣の車に同乗して、祖父の死も忘れて晴れがましい気持になったのを覚えています。

当時、通称ワンマン道路はまだ開通しておらず、国道一号線の戸塚には「開かずの踏切」があり、ドライバーたちを悩ませていました。大磯まで車で行くには、どうしてもその「開かずの踏切」を通過しなければなりません。

戸塚が近付いてきたころ、吉田さんが、突然「開かずの踏切」が開いているかどうか賭《か》けよう、と私におっしゃいました。ご自分と麻生和子さんは、閉まっている方に

次郎と吉田茂
昭和26年、サンフランシスコ講和条約調印のため渡米の機中にて

三百円ずつ賭けるというのです。当然私は、開いている方に賭けざるをえません。私は内心、大人ってずるいなー、ほとんど勝つ賭けをもちかけるなんて、と思いましたが、何かその場の雰囲気に押されて首を縦に振ってしまいました。

が、次の瞬間、三百円という金額が私に重くのしかかって来ました。一対二の賭けなら負ければ六百円です。当時の私には大金で、思わず、父が作ってくれた竹筒の貯金箱が頭に浮かびました。いっぱいになったら父が切ってくれる約束でしたので、何と言って、半分くらいしか入っていない貯金箱を切ってもらえばよいか、と途方に暮れました。そんな私の心配をよそに、開かずの踏切はどんどん近付いて来ます。

いよいよ踏切が見える場所にきた時、私は我が目を疑いました。何と、開かずの踏切が開いているのです。踏切を通過すると吉田さんはにっこりと笑って、懐《ふところ》から財布を取り出し、おい和子お前もだと和子さんからも三百円を徴収し、ご自分の三百円と合わせて六百円を私の手に握らせました。思わぬ大金に有頂天の私に彼は片目をつぶり、「オヤジには内緒だよ」と囁《ささや》きました。

祖父の葬儀が終わってしばらく経《た》ちました。賭けで儲《もう》けた大金がやはり後ろめたく、父にその話をすると、父は破顔一笑しました。吉田のおじいさんは、戸塚の踏切を通る時には必ず、開いている時を計算して通るのだと言うのです。

吉田さんは、祖父を亡くした私に、一計を案じてお小遣いを下さったのです。彼が粋人だと世間に言われているその一面を、垣間見《かいまみ》たような気がしました。

父の火好き

一昔前まで、鶴川の家には巾《はば》一間程の大きな暖炉がありました。色々な形の石を積み上げてあり、火を付けるためのマッチを入れるへこみがついていました。父は夕方になると、暖炉の前の籐椅子《とういす》に陣取り、お酒のグラスを片手に、薪《まき》をくべながら、じっと燃えている火を見ているのが常でした。

私はそんな父の足元に座り、いくつかの小さな動物のおもちゃで、そこだけが一ヶ所へこんでいる暖炉のマッチ入れを洞窟《どうくつ》に見立てて遊ぶのが好きでした。どんな動物たちだったかは記憶にないのですが、一番のお気に入りは、白くて耳だけが黒いビクターの犬でした。お座りをしている三センチほどの犬で、洞窟の中の物語ではいつも主人公でした。

ある夕方のこと、何かのはずみで石と石との間にその犬がするりと入り込んでしまいました。父に出してくれと頼みますと、先の尖《とが》った棒でほじり始めましたが、犬は奥へ奥へと入っていってしまい、最後には見えなくなってしまいました。泣きわめく私、困り果てる父。とうとう私は、暖炉を壊して犬を取り出してくれと要求し始めました。ほとほと手を焼いたらしい父は、色々と子供がのりそうな交換条件を出しますが、私は頑として妥協しません。毎日毎日父の後を追い回し、暖炉を壊せと要求し続けました。

ある朝目を覚ますと、枕元《まくらもと》に白いぬいぐるみの犬が置いてありました。暖炉の隙間《すきま》に消えていった犬とは、白くて耳が垂れているということ以外、なんの共通点もありませんでしたが、ビクターの犬の代りだということはすぐに解《わか》りました。私はそのぬいぐるみに「あきちゃん」と名前をつけ、いつしか暖炉の隙間に消えていった犬のことは忘れてしまいました。洞窟遊びは終り、父が作ってくれた小さな椅子にあきちゃんを座らせ、二人で話す遊びに変りました。

時々の来客も、その暖炉の前に座って頂くのが常でした。ある日、鶴川に別邸のあった細川護立《もりたつ》氏（熊本藩主細川家直系のご当主である氏を、父と母は殿様とお呼びしていました）がみえて、暖炉の前でしばし父とお話をして帰られた直後、父は暖炉の上の方の真中にはめ込んである石を指さし、「この石を見てごらん。そら豆みたいで殿様にそっくりだ」と言いました。なるほどその石は、殿様の顔の形そっくりで、一つだけ艶《つや》やかに光っています。やっぱり殿様の石は違うなあと妙に納得したのを覚えています。

父の留守を狙《ねら》って、チョークでその石に一生懸命殿様に似せた顔を描き、毛糸で髪の毛をあしらう遊びに、私はかなりの期間没頭しました。父に見つかったら叱《しか》られると、なぜか解っていました。殿様がみえるたびに、お顔の造りや髪の毛の具合などを、次回のその遊びのために、秘《ひそ》かに盗み見て頭の中に焼きつけました。本当は凝視したかったのですが、人の顔をじっと見ることは固く禁じられていたので、なかなか難しい作業でした。

しばらくの間は、親しい人の顔を、暖炉の石から探すことに熱中しましたが、光り輝く殿様の石以外に、ぴったりのものは見つかりませんでした。

母が銀座で「こうげい」という着物の店をやっていた昭和三十年代、殿様は時折そこにぶらりとお寄りになり、しばしば銀座にあった「花の木」というフランス料理の店に、私も母と共にご一緒しました。長身に蝶《ちょう》ネクタイで、墨塗りの観音開きの車（パッカードだったと記憶しております）の後部座席で赤いチェックの膝掛《ひざか》けを掛け、房の付いた組紐《くみひも》のようなつり革に手を掛けてゆったりと座っていらっしゃる姿は、ハリウッド映画を見ているようでした。運転手さんも素敵で、そのまま後部座席に座っ

自宅の暖炉のそばで本を読む正子

ても、ちっとも違和感がないような運転手さんでした。

細川家には、本名は忘れてしまいましたが「将軍」と呼ばれている執事のような方がいて、よく父と暖炉の前で将棋を指していました。「将軍」の石が暖炉にないかと探しましたが、ありませんでした。彼はこわい顔をした、大変やさしい人でした。

私が大きくなってからのことです。再三の母の勧告にも従わず、一度も煙突掃除をしなかった父に天罰が下りました。ある夜、煙突の中にこびりついた煤《すす》に火がついて空中に火の粉となって吹き出し、萱葺《かやぶ》き屋根の上に散ったのです。幸い大事には至りませんでしたが、妻の勝ち誇った顔に我慢出来ず、父は暖炉を撤去することにしてしまいました。その話を聞いた私は突然、十数年前のビクターの犬を思い出し、撤去を見守り、残骸《ざんがい》を丹念に探索しましたが発見出来ませんでした。今でも不思議でなりません。殿様の石も、回りのコンクリートが取り除かれた後は、ただの漬け物石のようになってしまいました。

父の火好きはその後も変らず、鶴川や軽井沢の庭の隅に焼却炉を据え、家中の紙屑《かみくず》を燃やすのを日課としていました。ある時は請求書の封筒に自分でお金を入れたものを、ゴミと一緒に焼却炉につっこんで出かけてしまい、たまたま次のゴミを焼却炉に入れに来た長坂さん（ずっと父と母の家に居てくれた貴重な人です）がそれを発見し、また父は、勝ち誇った妻の非難を聞く羽目になりました。

ある日、母が水上勉《みずかみつとむ》氏から、火を燃やすのが好きな男は助平だという話を聞いて来て、また例の勝ち誇った顔で、「次郎さん、あんたは助平よ」と言いますと、父はやったとばかりに報復の矢を射ました。「助平じゃない男など世の中に居るものか」。この勝負は父に軍配があがりました。

父は亡《な》くなる数年前、大きな古い鞄《かばん》を持ち出して大好きな焼却炉の前に陣取り、鞄から次々に書類のような紙を取り出し燃やし始めました。何を燃やしているのか尋ねると、「こういうものは、墓場に持って行くもんなのさ」と言い、煙突から立ち上る煙をじっと見上げて何かを想《おも》っているようでした。もしマスコミの方たちが見たら、さぞ魅力的な書類だったに違いありません。

私の小さい頃には、庭の大きな柿《かき》の木の下で、年の暮れになると餅《もち》つきが行われました。普段その木には私のブランコがぶら下がっているのですがその時は外され、大勢の人が集まり、縁側に大きな酒樽《さかだる》が置かれていました。蒸籠《せいろ》からもうもうと上る湯気と共にもち米が蒸し上ると、臼《うす》に移され餅つきが始まります。私もつき立てのからみ餅やあんこをまぶした餅が楽しみで、皿と箸《はし》を手に見守ります。

ある年、樽のお酒を漏斗《じょうご》で一升ビンに移す作業——かなりの量は自分で飲んでしまう——に従事していた父が何を思ったか、杵《きね》を持って餅をつき始めました。二、三度の景気のよい音の後、突然餅をつくのとは違う異音が響きわたりました。父が杵を、餅の上ではなく、臼のふちに力まかせに振り降したのです。杵が折れなかったのが不思議です。父は皆の手前、「これが本当の餅は餅屋だ」と呟《つぶや》き、もとの酒の入れかえ作業に戻って行きました。その時には、母は例の勝ち誇った表情を見せることはありませんでした。あの顔は、家族の中だけで見せる表情なのだと、子供心に納得しました。

　その餅つきも、私が中学生になる頃、冬休みの間中スキーに行くことが慣例となり、自然消滅してしまいました。

スキー

毎年冬休みになると、父はたくさんの食料や飲み物をランドローバーに積み込み、子供たちを連れて志賀《しが》高原の木戸池《きどいけ》に向けて出発します。八時間はかかる長旅でした。母はいつも鶴川で留守番でした。

途中場所は覚えていないのですが、線路と道路が長い距離並走している所がありました。ある年、たまたまちょうど来た汽車と一緒になったことがありました。汽車の方が速く、みるみる父の運転するランドローバーとの距離がひらいて行きます。突然父はアクセルを踏み込み、汽車の後を追いかけ、追いつきました。汽車の運転士さんは追いついて来た父の車を見て、明らかに父の挑戦の気持ちが伝わったのでしょう。道路と線路が分れる所までそのレースは続き、父が勝利を収め、最後に満足そうに運転士さんと手を振り合って別れました。規定のスピードで走らなければならない運転士さんは、さぞ口惜《くや》しい思いをされたことでしょう。

次の年にその場所にさしかかった時に、また競争をやれと要求し、父を困らせたものです。その線路は単線でもあり、現在ほど汽車が頻繁《ひんぱん》に走る訳でもなかったのです。もう時効ですが、あれは明らかなスピード違反でした。

木戸池の家にたどり着く前に、上林《かんばやし》温泉の旅館に一泊するのが慣例でした。車はそこに置いてあとは歩いていくので、翌日の行脚《あんぎゃ》に備えるためです。部屋では炬燵《こたつ》を真中にして放射状に布団《ふとん》が敷かれ、寝るのが楽しみでした。当時は、雪が少なくても沓《くつ》打《うち》の茶屋までしかバスが行きません。少し雪が降れば上林から徒歩で登るか、運良く通りがかったトラックに、沓打の茶屋まで乗せてもらうしかありませんでした。

ある冬、父はいつもなら上林温泉に置いていくランドローバーにチェーンを装着して、丸池まで登ろうと試みました。たまたま運悪く大雪になり、丸池まであと少しの所でにっちもさっちもいかなくなってしまいました。そこから丸池まで歩いて行った父が、どう手配したか知りませんが、ランドローバーは、当時まだ米軍に接収されていた丸池ホテルまで別の車に引っ張られて到着しました。帰りは運良く晴天で、無事に下って来ることが出来ました。

丸池のゲレンデは米軍用と日本人用に分れていました。米軍用はきれいに整備され、長いリフトまでありましたが、我らが日本人用は、ブッシュだらけで凸凹でした。敗戦国の悲哀がゲレンデに漂っていました。そして丸池ホテルの中では、当時の普通のスキー宿とはまったく異なる光景が広がっていました。暖炉には赤々と火がたかれ、食堂には白いテーブルクロスに銀の食器やワイングラスが並べられています。時々父に連れられて、その食堂で食事をすることが出来ました。父はそこで、何人かのアメリカ人と挨拶《あいさつ》を交しており、彼等も時々我が家に遊びに来ていました。今でしたら、立場を利用して日本人立入禁止のホテルで食事をするとはけしからんと、野党の議員さんに追及されたことでしょう。これも時効です。

父は木戸池のスキー小屋に「ヒュッテヤレン」と名前をつけて悦に入っておりました。ヤレンはJARENというスイス風ドイツ語のつもりで、日本語の「やれん」とかけていました（次郎にとっては「やっていられない」というような意味です）。鶴川の家につけた名前、「武蔵《むさし》と相模《さがみ》の間」と「無愛想」をかけた「武相荘」と、同じような発想です。

ご飯、みそ汁、漬物などは少し離れた所にある木戸池ヒュッテから毎日届けてもらっていましたが、おかず作りは父と私の仕事でした。今でこそ男の方が料理をするというのは珍しいことではないのですが、父の年代では稀有《けう》なことでした。ヒュッテヤレンには冷蔵庫などなく、東京から持って来た、揚げるばかりに衣のついたコロッケ、大根やじゃがいもなどの野菜、干物や牛肉などを家の裏に雪穴を掘って埋めておくのが、到着した時の重要な仕事でした。自然の冷蔵庫という訳です。最初のころは何もかも雪穴に放りこんでいましたが、ビールや野菜などはコチコチに凍ってしまって使い物にならず、毎年試行錯誤の連続でした。

風呂《ふろ》焚《た》きや洗濯も父の仕事でした。ガス風呂などはまだあるはずもなく、薪《まき》で焚くのです。雪が積っても雪の上に出るように家が建てられていたため、風呂の焚き口は地下室にありました。父が風呂焚きをするたびにうまく火がつかず、地下室からもうもうと煙が立ち上り、そのたびに外は零下にもかかわらず家中の窓を開け放つ羽目になりました。塩漬けの豚や鮭《さけ》などをぶら下げておいたら、さぞおいしい燻製《くんせい》が出来たことでしょう。

洗濯はといえば、五右衛門《ごえもん》風呂の残り湯に固形の石鹸《せっけん》をナイフで削り溶かして、すべての洗濯物を放りこみ、足で踏むのです。テレビで見たフランスのワイン作りのようです。父にその洗濯方法の由来を尋ねると、若い時に行った南イタリアで見たということでした。足で充分に踏んだ、ぶどうならぬ洗濯物はそのまま大きな籠《かご》に引き上げられ、翌日の残り湯に入れてまた踏むのを二日に渡って繰り返し、洗濯は終了します。

それを外に干せば、食料同様凍ってしまいます。そこで父は自分で工夫しました。平らな大きな籠の四隅に紐《ひも》をつけ、その四本の紐を一つにして長い紐をつなぎ、薪ストーブの上の天井に取りつけたフックにかけます。洗いあがった洗濯物を籠に並べて紐を引き、天井へと吊《つ》り上げると、ストーブの熱で一日で乾いてしまうというものでした。しかし皺《しわ》をのばして干すなどという智恵《ちえ》はなく、スキー場にいる間、着ているものはすべて皺くちゃでした。

後年父は、軽井沢の家でも昔を偲《しの》んで同じ籠をぶら下げ、自分で洗った洗濯物を干していましたが、父以外の人がその籠を使うことはありませんでした。

父は子供の時からの習慣か、汲《くみ》取《と》り便所というものを生理的に受けつけなかったらしく、鶴川でも志賀高原でも、まず水洗便所を作ることに情熱を燃やしていました。その下水はいずこに行っていたのでしょうか。

沓打の茶屋から木戸池までは、遠い道のりでした。近道は「幕岩《まくいわ》」という山状の岩の途中についている細い道で、下は断崖《だんがい》絶壁です。下を見るなと言われながらスキーを履いてそろそろ歩くのは恐怖でした。本当に危険なところは、父が私の下を歩いてくれました。帰る時も上林温泉までスキーで滑り降りるのですが、林道のような細い道で凍っています。スキーをひらいたぐらいで制動などかかる訳もなく、ただただ泣きながら、スピードが出るにまかせて下るよりほかに手がありませんでした。

スキー場にリフトなどあまりなく、スキーをするといったら山の頂上まで三十分も歩いて上り、下りは一分といった具合で、一日に三回も滑れば疲労困憊《こんぱい》でした。当然私はあまりスキーには熱心ではなく、目の前の木戸池で、朝から晩までワカサギ釣りに熱中していました。そんなことをしている私を、スキーヤーが土地っ子と思って話しかけてくるのが得意でした。一日釣っても五、六匹でしたが、大事に持って帰ると、父がフライパンで焼いてくれました。

あの日々に毎日スキーをしていたら、今頃は大した腕前だったろうと思いますが、父は、スキーに行ってもがつがつ滑るもんじゃない、ゆっくりすればよいのさ、と言って毎日雪にウィスキーをかけておさじで食べたり、昼寝をしたり、本を読んだり、麻雀《マージャン》をしたり、ゴロゴロしていました。

一九六〇年代のはじめ、突然、来年から蔵王《ざおう》に引越そうと父が言い出し、翌シーズンには蔵王に家が建っていました。

志賀高原の「ヒュッテヤレン」

スキー場での次郎

蔵王のスキー場はリフトやスカイケーブルなどがあって、スキーをするには最適の場でしたが、父と私は相変らずあまりスキーはしませんでした。スキー場の下の方には温泉街があり、八百屋や肉屋などで、生活に必要な品々を揃《そろ》える事が出来ました。もう東京から食料を運んで来なくてもよくなったので、車でスキーに出かけることもなくなりました。

蔵王では毎日、ソリに乗って（行きは下りです）下の温泉街まで二人で食料の買い出しに出掛けます。帰りはソリに買った物を乗せて引いてくるのですが、ジャンケンで負けた方がソリを引き、勝った方が買い物と一緒にソリに乗れるのです。最初に使っていたソリは、父が戦前に外国で買って来たボブスレー用のソリで、氷の上で使うため滑るところが細く、荷物を積むと雪の中に沈んでしまいます。そこで父は、得意の大工仕事で、古いスキーを利用して買物用のソリを作りました。それでも、私がジャンケンに負けたときはソリに父と荷物を乗せるといくら引いてもビクともせず、いつしかジャンケンは消滅してしまいました。

お店の人々は皆親切でしたが、東北の人らしくあまり口を開かず、東北独特の言葉で話すので、父には一言も理解出来ず、又あちらもこの巨大な男の話す言葉が理解出来ず、常に私が通訳として間に入る有様でした。父にとっては、言葉の理解出来ない外国に居るような気持だったでしょう。

そして、いつしか買物は私だけの役目になってしまいました。

温泉街の更に下のほうに馬の湯治場があり、いつも何頭かの馬や、飼い主に付いて来たらしい犬たちが、気持ち良さそうに目を細めて温泉を楽しんでいました。その様子を、時間の経《た》つのも忘れて眺めていたものです。馬の飼い主たちは、一様に温泉の縁に腰を降ろし、七輪を前に、漬物や、おいしそうなおつまみでお酒を飲んでいました。時折父は、温泉街で調達した一升瓶をぶらさげて彼等の仲間入りをしていましたが、会話が成り立っていたのかどうかは今も謎《なぞ》です。

父は蔵王のスキー小屋にも、木戸池と同じ名前を付けましたが、そのヒュッテヤレンの常連に「ゆきおじさん」という方がいらっしゃいました。里見《さとみ》弴《とん》氏の末弟で、テレマークという滑り方の達人でした。スキーの出立《いでた》ちもニッカボッカーや毛皮の帽子というスタイルで、ロータシオン全盛期の時代にテレマークで滑り始めると、他のスキーヤー達が滑るのをやめて見ていたものです。ゆきおじさんは、本来一本のストックで滑るテレマークを二本のストックで滑ることに、非常に御不満でした。

ゆきおじさんが里見弴氏を伴って蔵王のヒュッテヤレンに現れたことがあります。

ゆきちゃん、にいちゃんと呼び合う仲の良い兄弟でした。里見さんはスキーはなさらず、父は良い飲み友達そして麻雀友達が来たとばかり、とっておきのウィスキーなぞ開けるので、ますますスキーから遠ざかるのでした。

そんなある晴れた日、ゆきおじさんが、にいちゃんを伴って、スカイケーブルとリフトを乗り継いで山形県と宮城県の境の頂上まで行こうと発案し、直ちに実行に移されました。頂上でお昼を食べようと、あり合わせでお弁当を作り、父やゆきおじさんは、自分たちのリュックサックに入るだけのビールを詰め込んで出発しました。スカイケーブルとリフトを乗り継ぐとはいえ、歩く箇所もかなりの距離があり、特に頂上目前の坂は相当な急勾配《こうばい》でした。ゆきおじさんはにいちゃんのお尻《しり》を押したり上から引っ張ったり、にいちゃんの、赤ん坊の時お前のおむつを替えてやったじゃないかと言う叱咤《しった》激励の言葉にも後押しされ、大活躍でした。

頂上に着くと、既に何人かのスキーヤーが景色を楽しんでいました。樹氷の続く近くの山々や遥か彼方《はるかなた》に連なる山々、素晴しい眺望でした。我々は運び上げた荷物からビールとお弁当を取り出し、宴会が始まりました。ビールを開けて一口飲んだ時、一瞬の静寂は皆の同じ思いを物語っていました。「うまい!」。今思えば、それは私が酒がおいしいと感じた、最初の瞬間でした。

そして突然我々は、周囲からの羨望《せんぼう》の視線に気が付きました。その視線は一様に、「うめえ事やってる、俺たちも飲みてー」と語っていました。里見さん、ゆきおじさんと父は小さな声で、「うらやましいだろう、やらないよ」と、まるで子供がおもちゃを友達に貸してやるもんかと言う時と同じ表情で、優越感にどっぷり浸《つ》かっていました。人間とは意地の悪いものだと思いました。

しかしある年、ヒュッテヤレンに泥棒が入り、スキーや靴など一切合切盗まれる事件がおきました。直情型の父は途端に嫌気がさし、家を処分してスキーを辞めてしまい、同時に私のスキーライフにも幕が降りました。

息子が二歳になった頃から私は数年間スキーにカムバックしましたが、ヒュッテヤレンの生活とはまったく違い、ホテルを出ればすぐゲレンデだし、食事はテーブルに座れば出て来ます。かつてスキーに行ってもスキーをしなかった私は上手に滑れるはずもなく、スキー以外にやる事がないスキー場はつまらない所でした。それまでなんとも思っていなかったヒュッテヤレンの生活がとても懐《なつか》しく思われました。そういう体験を我が子にさせてやれない自分がふがいなく、悲しい思いをしました。そして、帰ってから父にそう言うと、それまで見たこともないような、満足の表情を浮べました。

不思議な事に、ヒュッテヤレンに居る間、決してスキー旅行に参加しなかった母がどうしているかしら、などと思い出したことは一度もありません。最近になって、二週間も家族の居ない家で何をしていたのだろうと思いますが、彼女なりに普段は母親業、主婦業をやっているつもりだったようで、たまにはゆっくりしようと静寂を一人前に楽しんでいたのかもしれません。

それでも私たちが帰ると根掘り葉掘りあれこれ聞きたがり、スキーの腕前の話になると、「私の方がうまかったわ」と必ず一言付け加えるのでした。私がテニスをやっている時も時々見に来て「私の方がうまかったわ」と言うのが常でした。腕前の程は見たことがないので不明ですが、自分の娘と張り合う姿勢は、亡《な》くなる二、三年前まで変る事はありませんでした。

昨年、仙台にいる友人が蔵王に連れて行ってくれました。数十年の間にあたりはまったく様変りしており、なかなか家を見つける事が出来ませんでしたが、やっとの事で探しあてたその家は、目の前に道路が通り、昔を偲ばせるものはなにもありませんでした。でも窓の脇《わき》からちらりと見えたカーテンは当時のままで、そこだけ時間が停まっているようでした。馬の温泉も探しましたが、探しあてることは出来ませんでした。

木戸池の家もすでに取り壊されているようです。

京都のこと

スキーに行かなくなり、お正月を家で過すようになった我々にまず降りかかって来た難題は、おせち料理です。今のように年中無休のコンビニもなく、母が我々の留守のお正月に何を食べていたか知りませんが、父はどうもおせち料理がご所望のようでした。結局父と母の鳩首《きゆうしゆ》会談の結果、皆で京都に行くことになりました。

行き先は、母がどなたかのご紹介で泊まりに行くようになっていた「清水坂《きよみずざか》佐々木」という小さな旅館でした。元祇園《ぎおん》の芸妓《げいぎ》さんだったお春さんというおかみさんと、お春さんの姪《めい》の達子さんの二人だけでやっている旅館でした。

母は、素足にサンダルで奈良をさんざん歩き回った後のある夕方、まだ五条坂にあった「佐々木」を初めて訪ねたそうです。お春さんに真白な麻の座布団《ざぶとん》をすすめられ、自分のほこりにまみれた汚い足が夕日にクローズアップされて本当に恥しかったと言っておりました。その後、「佐々木」には私も、何度か両親に連れられて泊りに行きました。

お春さんは、猿と、「しかんさん（字は解《わか》りません）」という名前の真白なきれいな猫を飼っていました。猿にも名前があったようですが、思い出せません。その猿はメス猿で、旅館の中を自由に歩き回っていました。人間の嫉妬《しっと》の原点を見せつけられるようなヤキモチ焼きで、私や母がお春さんと話をしていても知らん顔ですが、父がお春さんと話をすると決って、赤い顔を更に赤くして怒りに燃えるのです。父は、猿にヤキモチを焼かれるのも満更ではなかったらしく、猿でもいい男はわかるもんだと、結構うれしそうでした。男とは馬鹿《ばか》なものです。

佐々木はその後清水坂に引越し、部屋の数も多くなりました。五条坂の頃は一組のお客さんしか泊れなかったのが、一度に何組かのお客さんが泊れるようになりました。文壇・映画界など数多くの分野の方々が見えていました。やがてお春さんは亡《な》くなり、達子さんがおかみさんになりました。

佐々木の事は、里見弴さんが、小津安二郎によって映画化もされた『彼岸花』という小説にくわしくお書きになっているので、ご存知の方もいらっしゃると思います。映画ではお春さんを浪花千栄子《なにわちえこ》、達子さんを山本富士子が演じています。父の話ですが、本物の山本富士子さんがいるとばかり、実物の佐々木に押しかけた殿方もいらっしゃったようです。

私が結婚してからも、佐々木は我々にとっては京都の我が家のようで、洗面用具から寝巻、下着、私や兄たちの子供のおもちゃにいたるまで全部置いてあり、何も持って行かなくても不自由しませんでした。

京都では、食べに行きたければ行き、当時は出前文化全盛だったので出掛けたくなければ出前を取り、両親に随分美味《おい》しい物を食べさせてもらいました。

ある年、鮎《あゆ》で有名な平野屋さんに連れて行ってもらいました。生れて初めて鮎を食べてこんなうまい魚があるのかと食べ続けてお腹《なか》をこわし、それから何年も鮎が食べられず、数年間鮎人生を棒に振ったこともありました。

食べる以外は、母と骨董屋《こっとうや》さんに行くか、気が向くとやはり母にくっついてお寺や神社に行きましたが、京都滞在のほとんどの時間は、佐々木のお座敷で外など眺めながらゴロゴロしていました。

母は、そんななまけ者の私を見ても、国宝がたくさん回りにあるのに毎日見物しないで寝ているほどの贅沢《ぜいたく》はないという考えのようで、何も説教じみた事は言いませんでした。今となっては、もっと色々なところを見ておけばよかったという後悔の気持もありますが、やはりあの方が良かったと思う気持の方が強いのが不思議です。私もその後、外国や色々な所に行きましたが、いまだに母の言いたかったであろう贅沢に、どっぷり首まで漬っています。

そんな母でも時には、娘のあまりのなまけ者ぶりを見て、あそこのお寺のあれを見てこいなどと、教育ママの走りのようなことを言って、時々私を佐々木から追い出したりもしましたが、こちらはそれも面倒で、京都の町で映画など見て、何食わぬ顔で帰って来たりしていました。ありがたいことに母は、帰って来た私に、行って来た所の感想を尋ねることはありませんでした。

母と骨董屋さんに行くと、色々な品が出て来ます。私が「これは何？」と質問すると、母は帰り道に、その物が何かと聞いてどうするつもりだ、好きなら好きでいいじゃないか、もっと本当に知りたいと思う時にだけそういう質問はするものだと、決ってお説教をするのでした。

骨董屋さんたちは、私にも、自分のお小遣いでも買えるような品物を出してくれました。今でも使っていますが、それらの中にはびっくりするほど高くなり、使うのが惜しくなる物もあります。思わず値段で物を判断する自分がいじましく、嫌になります。

母は、高い品でも使わなければ意味がない、と言っていました。が、私が食器を割ったりすると、軽蔑《けいべつ》の目差《まなざ》しで、自分は食器など割ったことがないと言います。しかし、皿は料理を盛って食べるだけでは割れるものではありません。ほとんどが洗う時に割れるのです。洗い物などしたことのない母に、解《わか》るはずがありません。

骨董屋さんで、私にはちょっと手が出ない値段だと思って母に助けを求めても、絶対に買ってはくれませんでした。父に頼めというのです。でも何だか父には言いにくくて、いつも諦《あきら》めていました。

父と母は財布がまったく別で、二人の中ではこれは父、これは母と分担が決っているようでした。お金を渡せば全部使ってしまう母に対して、父が考え出した妙案でした。時折、長時間に渡り、千円単位の貸し借りの議論に二人で没頭していました。娘が欲しいという物は、父の分担だったようです。

「芸術新潮」に「かくれ里」を執筆中だった、六十歳を迎えるころの母は、月に一度くらい佐々木を訪れていました。連載が始まって数ヶ月経《た》ったある日、佐々木のお勘定書きをじっと見ていた父が、突然「なにかおかしいんじゃないか」と言い出しました。彼女の仕事である取材のために訪れる佐々木のお勘定を、何故《なぜ》自分が払わなければならないのか、というのが彼の言い分でした。結局取材の間の経費は母がもつことになり（新潮社かもしれませんが）、達子さんは父や私が一緒の折の母の「取材旅行」と、単なる旅行との、経費の選別に翻弄《ほんろう》される次第となってしまいました。取材に出掛けるタクシーに我々が同乗することもあり、出前の食事や、食後のお菓子まで、その選別は大変な作業だったと思います。

　達子さんはお祖父《じい》さんが板前さんだったそうで、食材を見る目は確かでした。それも美味しければ値段が高くても厭《いと》わないというのではなく、そのものに価値があるかどうか、という見方でした。彼女の情報網は京都のいたる所に張り巡らされており、ある時「錦小路《にしきこうじ》で一番でんねん」と言う「丸弥太《まるやた》」という魚屋さんに連れて行ってくれました。確かに素晴しい魚がたくさん並んでいました。

　ある日、食べるばかりが専門の筈《はず》の母が何を思ったか、丸弥太さんに行く我々について来ました。母は丸弥太のおかみさんを一目で気に入り、京都を訪れるたびに必ず立ち寄っておかみさんとしばしの楽しい時を過すようになり、おかみさんの身の上話まで聞いて来るようになりました。女友達が少ない母ですが、何かうまが合ったようです。ろくに買い物もせず居座る母は、忙しい御商売の妨げになっていたことでしょうが、おかみさんは嫌な顔一つせず、付き合って下さったようです。

　母が亡くなったときも、わざわざ京都から来て下さいました。その後しばらくして丸弥太さんに行きますと、おかみさんは、母が最後に丸弥太さんを訪れた時のことを話してくれました。おかみさんは隅っこの小さな丸い椅子《いす》を指さしました。母はその椅子にちょこんと座って、忙しいおかみさんの手があくのを待っていたらしいのですが、その日は特に忙しく、ほとんど話もせずに帰って行ったそうです。それが大変悔やまれると、何度も何度も繰返し言って下さったのが印象的でした。

京都でもう一人忘れられないのが、星野のおじちゃんです。何でも骨董の大変な目《め》利《き》きらしいのですが、そんなことはお構いなしに、我々は昼夜を問わずお宅に入り浸り、御飯をごちそうになったり、炬燵《こたつ》で寝ころんだり、一日の大半を過す事もしばしばでした。

骨董の箱や本などが、玄関といわずお座敷まで所狭しと積み上がっているのですが、散らかっている汚い家という感じがまったくしません。不思議なのですが、逆に大邸宅できれいに片付いていても、汚い感じのする家があるのは何故なのでしょう。

小林秀雄さんは、ある別の骨董屋さんを引き合いに出し、自分から見ると二人とも同じような人物なのに、なぜ星野には子供たちが懐《なつ》くのだろうと、不思議がっておられました。星野さんはきれいな奥様と可愛《かわい》いお嬢さん二人との四人暮しでしたが、星野のおばちゃんは「女の原点」のような方で、星野さんの家に行くたびに、自分が、行儀もなにもわからない山出しの猿のように思えました。

そんな楽しかった京都の佐々木の日々にも、突然終焉《しゅうえん》の日が訪れました。ある朝、母のところに星野のおばちゃんから電話があり、達子さんが亡くなったというのです。それも亡くなってから二週間後の事でした。心臓の悪かった達子さんは台所で、一人で亡くなっていたそうです。当時達子さんは「ゴネちゃん」というイヌを飼っていましたが、一人で死んでいった達子さんとゴネちゃんの光景を頭に描くと、えも言われぬ淋《さび》しい感情に襲われ、なるべく想像しないようにしています。

私は、佐々木のあった場所を、なんとなく思い出が壊れそうで見に行きたくないのですが、息子が二度見に行ったところでは、一度目は佐々木の建物はすでに跡形もなく、二度目はマンションの建築中で、「マンション建設反対」の垂幕が近所一帯に下がっていたそうです。

父と英語

京都に行くには新幹線はまだなく、特急「つばめ」に乗っていった頃のことです。八時間もかかる長旅でした。つばめには展望車という車両があり、両側に一列ずつ、窓の方に向いた座席がありました。父は自分と一緒の時は私も展望車に乗せてくれましたが、私一人の時は許してくれず二等車でした。

ある京都行きの展望車でのこと。我々の他は、すべての座席がアメリカ人の観光客で埋まっていました。東京駅を出発して間もなく、彼等はウィスキーやビールで、あたりを憚《はばか》らない大声の宴会を始めました。今でもはっきり覚えているフレーズなのですが、そのうちの一人が"I've never heard such a funny story!"と言った途端に彼等の大爆笑が起りました。私には、それまで父が必死で我慢しているのが顔色で解《わか》りましたが、それを聞くやいなや父の様子が変り、突然立ち上ると彼等の大爆笑に負けない大音声《だいおんじょう》で、"Shut up!"と一喝しました。固唾《かたず》をのんで成り行きを見守っていた私が次の瞬間目にしたのは、うその様な静寂でした。父は娘の手前、自分の行動を恥じるような照れ笑いを浮べてゆっくりと座席に腰をおろし、「機先は制せねばの」と呟《つぶや》きました。

それから彼等の宴会は静かなものに変りましたが、驚いたことにしばらくすると、その中の何人かが、手に手にウィスキーやビールのグラスを持って父の所にやって来ては和気藹々《あいあい》と談笑し、それは京都に着くまで続きました。アメリカの人というのは心が広いなあと思ったのを覚えています。

その時は、父が「機先を制する」ことが出来たのは、それが母国語でない英語だったためかと思いましたが、後日の別の事件で、彼が元々、機先を制することに長《た》けていたということが解りました。

ある夜、私が運転する車の助手席に父を乗せた鶴川への帰途、千駄《せんだ》ヶ谷《や》駅前を通りかかった時のことです。当時はまだ、女の子が運転するというのが珍しかったせいでしょうか、信号待ちで隣に停るたびに、一台の車に乗った四人の青年たちが、面白半分に懐中電灯で私の顔を照らすのです。三つ目か四つ目の信号で、父は突然ドアを開けて飛び降り、青年たちの車のドアを開けると、二人の襟首をつかんで引きずり下ろし、後ろの座席の二人にも大声で降りろと言い、何かを怒鳴り始めました。驚いたことに青年たちはひたすら謝罪するばかりです。気がすんだ父は助手席に戻り、「フン、だらしのない奴《やつ》らだ」と呟き、何事もなかったかのように、私と帰路につきました。娘の前で、父親の面目躍如といった風でした。今の世の中でしたら、〝老人、若者に刺される〟という記事が新聞に載ったかもしれません。

父が生涯で、何度も機先を制することが出来たのは、彼の風貌《ふうぼう》が大きく味方をしてくれたからに違いありません。また、アメリカ人たちを怒鳴りつけることが出来たのは、母国語でない英語だったせいだと思ったのも私の勘違いだった、と徐々に解り始めました。十代後半から二十代半ばという人生のスタートの時期、長期間を英国で過した父にとっては、英語と日本語の両方ともが、勉強して覚えた言語だったのではないかという気がしてなりません。私が、学校の宿題などで辞書を引くのが面倒くさいときに英単語の意味を聞きますと、父は英語を日本語に訳せないことがしばしばありました。例えばbookの意味を問いますと、「本」とは答えず、「bookはbookだ」と頑張るのです。こりゃ駄目だと、私も諦《あきら》めてしまいました。

また、皆で何かの話題で大笑いしていても、一人だけ何がおかしいのか理解せず、笑いの収まった後で、説明を求めるのです。しょうがなく説明するのですが、おかしかったはずのことも、間があくとまったくおかしくないということが随分あり、辟易《へきえき》

クレアカレッジの卒業写真　最後列中央が次郎

したものです。本人がその事に気付いていたかどうかは定かではありませんが、母の話によると、息子さんの留学の相談にみえた方に、「僕のようになるからあまり小さい時に外国にやらない方がいいよ」と言っていたそうです。

子供や孫に何か文句がある時は、自分では決して直接言わず、必ず母に言わせていました。嫌われるのが怖いという一心だったようです。

父の生涯を通じてのイギリス人の友人、ロビンおじによりますと、ジローは大学に入って来た時にはもう英語が出来たというのです。父にそのことを聞いてもはっきりとは答えてくれず、後年不思議に思って叔母に聞きますと、ハイカラだった彼等の家庭では、子供たちを神戸の日曜学校に行かせていて、教会の牧師様に英語を教わっていたということでした。

道理で、音痴だった父が知っている歌が三つだけあり、そのうちの一つは関西風の賛美歌でした。

「イエスさんわて好いたはる　わてのイエスさん
浮き世はゆうたかて　わてのイエスさん
イエスさん強いさかいに　わてのイエスさん

怖い事あらへん　イエスさんわてについたはる」

というもので、これが父に教わった唯一《ゆいいつ》の歌です。

ちなみにあとの二つは "For He's a jolly good fellow" と "It's a Long Way to Tipperary" でした。

それらの歌は、父が歌っていたのをそのまま覚えていましたが、全然節が違うことに後で気が付きました。

ロビンおじは、ケンブリッジのクレアカレッジで、いつも一人で皆から離れている父を見て、自分も一人でいるのが好きだったので、ある日話しかけたそうです。父と生涯の友との出会いでした。

父が一人でいた理由は、私には容易に想像できます。それは、遠いイギリスまで来て負けるもんかという気負いと、日本とは違う風習に戸惑いつつも、それを表に出しては見せまいとする気持だったのだろうと思います。

それにくらべて、母方の伯父は、プリンストンに入学したその日から皆に「チュージ、チュージ（丑二）」と呼ばれて溶け込んでいたそうです。本人の弁ですので真偽の程は明らかではありませんが。長男なのに「丑二」というのは、彼は丑年《うしどし》生まれで昭和天皇と同年生まれで、いずれ同級生になる天皇陛下をさしおいて「丑一」という名前はつけられなかったからだそうです。

麻雀《マージャン》

父も母も麻雀が好きでした。私が子供の頃、よく友人たちを集めて興じていた時期がありました。二人ともマージャンとは言わずマージョンと発音していました。どうも英語の発音だったようです。

我が家には、昔上海《シャンハイ》で買ったという麻雀牌《ぱい》がありました。何かの動物の角か骨のようなもので出来ていて、表側には竹が張ってあります。緑色の別珍を張った数段の箱が収まる、革のケースに入っていて、別珍の緑色は、すでに緑色であったという痕《こん》跡《せき》がわずかに残っているような状態で、また牌も、彫ってある字が薄れ、角も心なしかすりへっていました。私の最初の記憶の頃からそのような状態でしたので、もしかすると骨董屋《こっとうや》でもとめたものかも知れません。

夕闇《ゆうやみ》の迫る頃、両親の友人たちが集まって来ると私もなぜか嬉《うれ》しく、心が弾んだものです。麻雀が始まると、メンバーの一人の後ろにへばりついて飽きずに眺め、やがて牌を掻《か》き混ぜる音を子守歌のように聞きながら、眠り込んでしまうこともしばしばでした。今のプラスティック製の牌とは違い、何とも言えず良い音がするのです。うっとりとその音を聞いている私に、母は、麻雀とは字の通りで、掻き混ぜる音がたくさんの雀《すずめ》のさえずりに似ているからだと教えてくれました。早朝や夕方、あちこちで始まる雀のさえずりに耳を凝らして聞きますが、あまり似ているとは思えませんでした。

が、最近、京都宝ヶ池のプリンスホテルに宿泊したときのことです。夕方、ホテルの中庭の樹木に、そこをねぐらにしている多数の雀が集まって夜の眠りに入る前にさえずる、その大合唱を聞いた時に、どこかで聞いたことがあると、遠い昔の記憶が蘇《よみがえ》ってきました。それがまさに、あの麻雀牌を混ぜる音でした。我が家の辺りの雀では、数が少なすぎたようです。

ある夜、いつもの様に麻雀の子守歌を聞きながらうたたねをしていた私は、大爆発音で眠りをさまたげられました。父が、テーブルの上にあった、自分で飲んでいた水割りのコップの上に腰かけてしまったのです。コップの中が父のお尻《しり》で真空になってしまい、大爆発音となったようです。麻雀仲間の爆笑の中、私の姿を見た父は、自分の醜態を娘に見られた恥ずかしさからでしょうが、子供は早く寝ろと、私をその場か

麻雀をする次郎と著者　蔵王の「ヒュッテヤレン」にて

ら追い立てたのでした。

私も、最初は玩具《おもちゃ》のレゴの様に牌を積み上げ、家や椅子《いす》などを作っていましたが、そのうちそれでは飽きたらなくなり、皆にうるさがられながらも時々質問したりしているうちに、自然に麻雀を覚えてしまいました。

時々メンバーが一人足りないと、味噌《みそ》っかすの私も仲間に入れてもらえる事がありました。父と母では、麻雀の戦法がまったく違っていました。父は点数の高い手作りに熱中し、いつも強気でガンガンいきます。水割りなどが片手にあるとそれはもっと顕著で、勝つ時は大勝するのですが、負ける時は大敗です。

母はしこしこ型で、いくら手がついていない時でも、安い点数でも上がろうとします。そのやり方は他のメンバーに与える心理的なダメージが大きく、イライラさせられたものです。その上牌を取ってから考えることが多く、そのたびに父は遅い遅いと文句を言いますが、母はどこ吹く風と、自分のペースを崩す事はありません。そして、麻雀の楽しみは、牌を見る前に親指で何の牌かを知る盲牌《もうぱい》にあるというのが持論で、ゆっくりと親指に力を込めて牌を引いてきます。私も真似《まね》をしてみましたが、確かに自分の持っている牌の感触が指に伝わって来た時は、何とも言えず嬉しいものでした。

しかし我が家の麻雀牌は何といっても戦前の上海産、すり減っているのか、彫りが浅いのか、なかなか盲牌しにくいものでした。その点新しく出来たプラスティック製の麻雀牌は、盲牌ははっきり解《わか》るのですが、何かざらっとして、我が家の上海産のように指に心地好《よ》い感触はありません。

時々ある、勝負の清算の日には、母は鬼のように、娘の私からも勝った分を無慈悲に取り立てましたが、父には、負けた分として私がその頰っぺたにキスするのが、清算の方法でした。

そういえば、父と母に共通していた、若い時代に身につけて気に入り、死ぬまで続いていた習慣がありました。

それは子供たちに、頰っぺたにキスをさせるというものでした。朝におはようと言うときや、夜にお休みなさいと言う時など、必ず要求されました。私はあまり抵抗なく、彼等が死ぬまで続けていましたが、いい年のオジさんになった兄たちは、「イヤだ」といって逃げ回っていました。頰っぺたにキスしてくれる人間が減った父母は、孫に目をつけました。私の息子などには、物心つく以前から仕込み始め、父は「おじいちゃまにプーしてくれ」と頰を指でしめし、プーしてもらうと天使のような可愛《かわい》い顔をしていました。

母の晩年には息子は既に成人しておりましたが、父と同様、彼にプーを要求し続け、父が亡《な》くなった後はその権利は自分だけのものだとばかり、キスの権利→プーの権利→すなわち「プー権」と称して悦にいっておりました。

こうげい

　母が、なぜ銀座に着物の店「こうげい」を始める気持ちになったかは不明です。昭和三十年（一九五五）ごろ、母が四十代なかばのことでした。父からすれば浪費癖とも見えたであろう物欲の王者は、日々の生活ではエネルギーを持て余していたのでしょう。友人たちからも店に出資を頂き、毎日張り切って過ごしていました。

　母は何かに、毎日三時間かけて電車で「こうげい」に通っていたと書いていましたが、私の記憶では、東京の会社に車で行く父と一緒に、行き来していました。父が東京に行かない日は、免許を取ったばかりの私に、昼にすしを食べさせてやるとか、きょうはフランス料理だとか、甘言《かんげん》を弄《ろう》して運転手を務めさせるのが常でした。「こうげい」に着くとそんなことはケロリと忘れ、昼時になると自分だけ、近所の「吉田」というお蕎麦屋《そばや》さんからうどんを取り寄せます。それから私の顔を見て、おごる話など最初からなかったかのように「あら、あんたもいたの」とのたまい、うどんをもうひとつ追加するのが常でした。母が「こうげい」に居る間、何もすることがない私は、店の隅にひっそりと存在していたたばこ屋さんの店番をしていました。看板娘にはなれませんでした。

母は、自分の思い通りにならないと燃える性質《たち》らしく、戦争中の食料と着物などとの物々交換の際にも、相手から自分の計画通りの量の食料を引き出すのに熱中し、自転車に積み切れないほどの量を獲得した時の満足感は何事にも代えがたい、と言っていました。食べる欲望より、獲得の欲望の方が勝っているようでした。

同じように、「こうげい」の仕入れのために着物の問屋さんに行っても、ズブの素人《しろうと》の母は、最初は相手にもしてもらえなかったようです。そこで生来の性癖が頭をもたげ、とうとう一人前に扱ってもらえるようになった時には、戦争中の食料獲得の時と同じような満足を味わっていました。当時、値段の交渉はそろばんを介して行なっていたそうですが、そろばんなどまったく読めない母は、もう少し何とかならないかとか、まあまあだとか、あてずっぽうで答え、納品書や請求書を見て初めて値段がわかる、といった具合でした。

当時は、「こうげい」のような呉服を扱うお店があまりなかったせいか、店は結構繁盛《はんじょう》しているようでした。母には、着物道楽だった自分の母を見ていて備わった蓄積

「こうげい」の店に立つ正子（写真提供・講談社）

がありました。自分の、いったいどこから涌《わ》いてくるのか分からない織物や染物のアイディアが形になるのが、母の無上の喜びであるのが見て取れました。

色々な作家や職人の方々が「こうげい」に出入りしていましたが、彼女の持論は、「良い人じゃなくちゃ駄目よ」というものでした。確かにそう言われてみると、若くてほとんど子供だった私の目にも、出来上がった反物の上に人柄が浮き彫りになっているように見えました。作品が素晴らしくて最初は取り扱っていても、母の頭の中で「良い人」でない人の作品は、結局「こうげい」から姿を消して行きました。今思いますと、彼等が悪い人だったという訳ではなく、「良い人」というのは、ただ母にとって、自分好みの反物を作ってくれる「良い人」だったということのような気がします。

「こうげい」では年に二度程、展示会を帝国ホテルで催し、多数の方々がお越しになりました。たくさんの着物が展示され、色が鮮やかというわけではないのですが、会場はいつも春のような華やかさに溢《あふ》れていました。母の熱意がその華やかさを作っているように感じられて、私にもうれしく見えていたものでした。展示会の間、二、三日は母と一緒に帝国ホテルに泊り、ルームサービスの朝食を、普段食事を一緒にしない母と、妙にぎこちなく楽しんだものでした。

最近、染織家の古澤万千子《ふるさわまちこ》さんにうかがった話ですが、母は良い作品が出来ると、全部お客様にまわして、自分では一つもとらなかったそうです。娘の私とも欲しい物を競った「物欲の王者」が、仕事となるとそうだったのかと、不思議な気持ちがします。

私にも、「こうげい」時代に何着か、着物を仕立ててくれましたが、何か母の頭の中にイメージがあるらしく、普通若い娘が着るような振袖《ふりそで》や華やかな染物は駄目で、紬《つむぎ》や地味な色合いの物がほとんどでした。帯も半巾《はんはば》の帯で、行く場所に応じて結び方を変えるだけでした。「全部、年取っても着られるよ」と本人は満足気でしたが、私は内心、結婚式で見る友達の振袖姿をうらやましく思いました。私の着付けには父まわでもが、襟は決して抜いてはいけないとか、高い草履《ぞうり》はおかしいとか、帯の位置はこうあるべきとか、うるさく口を出していました。

装束研究家の高田倭男《しずお》先生にうかがった話ですが、今のおはしょりというのは、本来は、家の中でお引きずりで過していた女性たちが外出する時に、着物を外では引きずらないようにたくし上げた結果で、屋内でのおはしょりは、厳密に言えばおかしいものだそうです。

母も、着物を男性のように着たい、そうすればもっと簡単に着られるようになって着物が普及し、日本になくなりかけている技術も継承されていくのではないかと、色々と考えている様子でした。男性のように着物を着ている、歌手の水前寺清子さんのテレビなどを熱心に見ておりました。もう一つの母の望みは、普段使いの食器を店で扱ってみたいということでしたが、その望みは二つとも叶《かな》えられることはありませんでした。

「こうげい」はある日突然、父の側の事情で閉めることになりました。生き甲斐《がい》のように愛していた「こうげい」と作家の方々を失って、さぞ落胆するだろうと思いきや、母は過去の思い出はすべてどこかに封じ込めたのか、何事もなかったかのように暮し始め、原稿書きに励むようになりました。

若い頃は、昼間はテニスや乗馬、ゴルフやスキーなどのスポーツ、夜はダンスと、ひっくりかえるまで毎日遊んだと言っていました。戦争中の買出し、「こうげい」、物書き、とジャンルは変わっても、何かにのめり込むという母の性癖は生涯変わることはありませんでした。

父のために、一時はそれが父に向けられていたとつけ加えましょう。

二

父の慰め

いつの頃のことだったか、幼かったある日、私がずっと腹痛で寝ていた事がありました。うとうとしてふと目を覚ますと、何やら楽しそうな会話の声が聞こえて来ます。声を頼りにふらふらと起きていって見ると、何人かの来客がにぎやかに食卓を囲んでいました。何日もの間、ほとんどなにも口にしていなかった私の目に最初にとびこんできたのは、茶色の鉢に山盛りになった、当時私の大好物だった南瓜《かぼちゃ》でした。一瞬凍りついた私を見て、父は大声で皆に「こんな食事をみせたら可哀相《かわいそう》じゃないか」と怒鳴り、物も言わず私を小脇《こわき》に抱え、靴もはかず外に飛び出しました。

ちょうど外では、納屋《なや》の萱葺《かやぶ》き屋根の葺き替えの最中でした。二階建ての納屋には何本も梯子《はしご》が架かり、危ないから決して登ってはいけないと言われていましたが、子供の目には魅力的に映ります。何人もの人が、萱を肩に梯子を登り降りしていました。私を抱えた父は、無言のまま怒りの表情で梯子を登り始めました。危ないと言われていた梯子を、父に抱えられて上りながら、私は何が起るか理解出来ず、恐怖に震えていました。

梯子のてっぺんに着くと、普段は自分の周りに同じ高さでしか見えない、毎日遊んでいる小川や田んぼ、友達の家々などが、眼下に一望のもとに見渡せました。父は、こんな素晴らしい景色が見られるのだから、南瓜の事など忘れてしまえと、何度もくり返し私に言うのでした。聞いているうちに私も、南瓜より景色の方がいいのだと納得してしまいました。終戦連絡事務局の仕事で忙しかったころの父ですが、彼なりのやり方で、私を慰めてくれたようです。

おかいこと燕《つばめ》

農村地帯だった鶴川《つるかわ》のあたりでは、あちこちでおかいこを飼っていました。どこかの家で、天井の梁《はり》の上に並べられた、畳一枚分程の大きさの四角の平らな籠《かご》の上に蚕《うごめ》く無数のおかいこを見ました。私はそれがとても羨《うらや》ましく、父にせがんで、ある年我が家でも籠一枚分だけ、飼ってもらったことがありました。おかいこの食事である桑の葉を、私が毎日やるという約束でした。あるいは、何かのうめあわせのために飼ってくれたのだったかもしれません。

その手の私の要求は、比較的たやすく引き受けてくれていた父なのですが、おかいこについては、あまりいい顔をしませんでした。おかいこが大きくなるにつれその理由が解《わか》ってきました。のべつまくなしに桑の葉を食べるその音が、家中に聞こえるのです。それは妙に規則的で、気になりだすと果てしなく気になる音で、数十年経《た》った今でもはっきり思い出すことが出来ます。

やがておかいこは繭玉《まゆだま》になり、近所の家々には業者の人たちが来て、繭玉を集めて行きました。が、たった一枚分の籠の我が家には、業者が来ることもなく、繭玉は私の手元に残りました。おかいこを飼うことだけに熱心だった私は、繭玉がどうなるのかは知りませんでした。父に、絹糸になるのだと聞いて驚愕《きょうがく》し、糸にしろと父にせがんで困らせました。さすがにその願いは聞き入れられず、大事に箱に入れて置いた繭玉は、いつの間にかどこかへなくなってしまいました。惜しいことをしたと、今でも時々思い出します。

桑の木は成長するのが早く、武相荘《ぶあいそう》にも鳥の糞《ふん》によって種が運ばれて来たのであろう桑の木があり、去年初めて実をつけました。子供の時に食べた実の味が忘れられず、熟すのを毎日楽しみにしておりましたが、ある朝見ると一つもありませんでした。近所に食べ物が少なくなった鳥たちの胃袋に収まったものと考えられます。またどこかに、鳥の糞から何本かの桑の木が育つだろうと思い、鳥を恨むのはやめました。

近所の家々では、シーズンになると燕が家の中の土間に巣を作ります。可愛《かわい》い雛《ひな》たちが親燕が運んでくる餌《えさ》を楽しみに並んで一斉に口を開けている姿が可愛らしく、これまた羨ましくなり、父に燕が巣を作る木の台をせがんだ事がありました。父は早速

1950年代の武相荘

玄関先に作ってくれましたが、燕は巣を作ろうとはしません。我が家と他の家とを比べて見ると、他の家は土間に巣を作る台があるのです。やはり家の中でないと外敵から身を守れないからだと気付き、台を家の中に移してくれと父に頼みましたが、これぱっかりは私の要求が通りませんでした。虫に刺されると真っ赤に腫《は》れる体質だった父は、家中に網戸をつけ、窓や戸を開けっぱなしにすることを極度に嫌ったからです。私が家を出入りするたびに「開けっ放しなし」という父の言葉が飛びました。それでは燕は家の中に入って来ることが出来ません。

そういう私も父と同じ体質で、今では父と同じ口調で、「開けっ放しなし」と叫んでいます。

椅子《いす》と靴べら

父は、木や竹で色々な物を作るのが好きでした。出来ばえよりは、作る過程を楽しんでいるように見受けられました。父方の祖父文平《ぶんぺい》は普請《ふしん》道楽で、家を新築して引越すと、もう次の家の建築を始めるというような人だったらしいのです。家族にとっては大変な負担だったことでしょう。

父の子供の頃は、文平の建築欲を満たすために、松という大工さんが住み込みでいたそうです。父も、彼の本名や風貌《ふうぼう》などは記憶にない様子でしたが、子供好きの人物だったらしく、鋸《のこぎり》、鑿《のみ》、鉋《かんな》などの大工道具の使い方や刃物の研ぎ方などを、彼の後を毎日付いて廻る子供の父に教えてくれたそうです。父は私にも刃物の研ぎ方を教えてくれようとしたのですが、父にやらせた方が面倒でなかったので、教わりませんでした。父の死後、包丁はいつもよく切れるものと思っていた私は、それを後悔しました。

父の、物を作る腕前はというと、本人が思っているほどではなかったようです。

ある友人のために、三本足の椅子を作ったことがありました。父は意気揚々と、その椅子を携えて友人の家に向いました。ほんのしばらくして、その椅子を再び持って帰って来た父は、物も言わずにそれを庭にほうり出し、薪割《まきわ》りの大鉈《おおなた》で木っ葉みじんに壊して燃やしてしまいました。そして、唖然《あぜん》とする我々を尻目《しりめ》に、無言で自分の部屋に入って行ってしまいました。

皆で、その友人に椅子をけなされたのだろうかとか、他の事で喧嘩《けんか》をしたのだろうかとか、理由をあれこれ考えるのですが、埒《らち》があきません。思いあまって、母がそのお宅に電話をかける次第となりました。電話で話し始めた直後、母の大爆笑が聞えました。電話を終えた母が笑いながら言うには、そのお宅に三本足の椅子を持って現れた父は、ご挨拶《あいさつ》もそこそこに、玄関にくだんの椅子を据え、得意顔でまず自分が座って見せたその途端、大音響と共にひっくり返ってしまったそうです。そのお家《うち》の方々の大爆笑を背後に受け、脱兎《だつと》のごとく逃げ帰ったそうです。

しかし父は、調理用のへら、サラダのサーバー、靴べら、お正月のお重に使う黒豆を入れる青竹の容器などは上手に作り、便利をいたしました。ありがとうと言うと、子供のように得意そうな笑みを浮べ、次はどんな物を作って欲しいか、具体的に返事

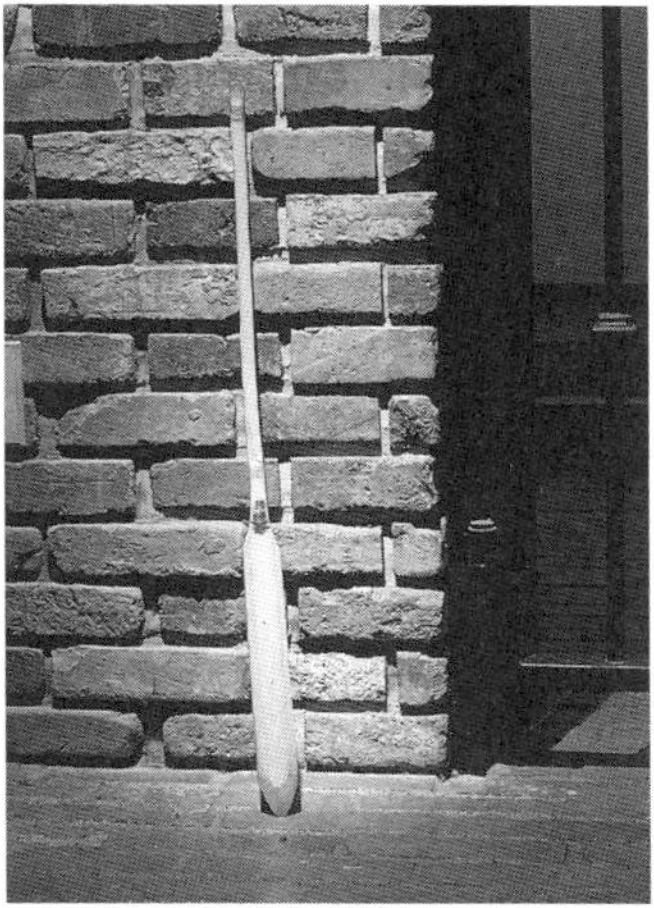

永六輔氏にも誉められた
次郎作の竹製靴べら

次郎が著者のために作った机

（2点とも撮影・野中昭夫）

をするまで聞くのでした。

下諏訪《しもすわ》に、「みなとや」という旅館があります。ご夫婦二人だけでやっている小さな温泉旅館です。父はそちらの温泉が好きで、たびたび行っておりました。

みなとやさんのご主人が我が家にみえた時に、玄関にあった次郎制作の靴べらを誉《ほ》めて下さったらしく、父は直ちに、何本かを下諏訪にお送りしました。しばらくしてみなとやさんから連絡があり、永六輔《えいろくすけ》さんが見えて、父の靴べらを大変誉めて下さったということでした。父はにんまりと笑い、すぐに新たな靴べらの制作にかかり、一面識もない永六輔さんにお送りしてしまいました。その後永さんからご丁寧なお礼のお手紙を頂き、父はそれを、恋人からの手紙のように何度も読み返しておりました。

先日私がみなとやさんに泊まりに行った時には、玄関には靴べらはもうありませんでした。ご主人に伺うと、永六輔さんに「なくなってしまうのでしまっておいた方がいい」と言われて、しまってしまわれたそうです。何か面映ゆい気がしました。京都の、父が大好きだったお女将《かみ》さんの「としちゃん」のお茶屋「松八重」のために父が書いた表札も、一枚も残さずなくなってしまったそうです。

父は、昭和二十六年（一九五一）、マッカーサー元帥《げんすい》が帰国する際に椅子をプレゼントしましたが、三本足椅子で懲《こ》りたらしく、自分では作らずに、他の方に頼んだようです。

父とめしや

ある人が、さる超高級イタリアレストランに食事をしに行き、席に着いてビールを下さいと言ったら、イタリア料理店ではビールをお出ししませんと言われて飲めなかった、という話がありました。それを聞いた父は、眼を輝かせ、すぐにそのレストランに駆け付けました。しかし、がっかりして帰って来て言うには、「ビールを注文したらすんなり持って来た」そうです。多分彼は、ビールはお出ししません、と言われた時に言ってやる言葉まで準備して、出向いたのに違いありません。

お蕎麦《そば》がおいしく、おかみさんが美人で有名なお店に行った時に、たまたま父の靴のひもがほどけていました。それに気が付いたそのおかみさんが身を屈《かが》め、結んでくれようとすると父は、「まだ君の番は回って来ないけれどまあいいか」と言ったそうです。

まだ、帝国ホテルにライト設計の旧館があった頃、その二階に「プルニエ」というレストランがありました。父と母はそこで食事をするのが大好きでした。母と同年輩のおばさんが居て、母が十代の頃からの顔見知りで、母のことをお嬢様と呼ぶのです。父も母もプルニエに行くたびに、彼女と飽きもせず昔話に興じるのでした。彼女が亡《な》くなった時は、二人ともがっかりしていました。

父は食物の好き嫌いが色々とありました。嫌いなものの訳を尋ねると、子供の時、栄養があるから食べろとあまりに言われたので、嫌いになったというのです。豆腐などは、人様にはお聞かせ出来ないような言葉で、食べない理由を言っておりました。でも不思議なことに、京都の平野屋さんのお豆腐だけは食べていました。母に言わせると、父は食物について「観念的」だからだそうです。

私も子供の時は好き嫌いがはげしかったのですが、父の方針のせいか、母の無関心のせいか、「これを食べろ」と強制された事はなく、食べられない物は今はまったくありません。

ゴルフクラブ

父は晩年、「軽井沢ゴルフ倶楽部《クラブ》」の理事長を務めていました。そこは他のゴルフクラブより年会費が高く、あるメンバーの方が父に、ここでは夏しかゴルフができないのに、一年中ゴルフのできる東京近辺のゴルフ場に比べて年会費が高すぎる、と文句を言ったそうです。すると父は、「昔から本宅より別宅の方が金がかかるに決まっている」と言って、すましていたそうです。

先日、父が聞いたら喜びそうな話を聞きました。ある名門ゴルフクラブに入会した大会社の役員が、プレー後に、他の人の着がえの入ったよく似たバッグを、間違えて持って帰ってしまったそうです。間違えられた人は、残されたのが自分のバッグではないと気づき、そのバッグを開けて見ると、中から出るわ出るわ、風呂場《ふろば》に置いてあるそのゴルフクラブの名入りのタオルが山のように出て来たそうです。自分たちのゴルフクラブを大事にしない人物である、とフェローシップ委員に判断されたその役員は、やっと入会できたクラブを除名になってしまいました。不満に思った彼は、そのゴルフクラブを訴えているそうです。

その話は、さる紙幣に印刷されている偉人の末裔《まつえい》の方から、私の夫が、ゴルフをした後のお風呂の中で聞きました。それから、自分たちのクラブをいかに大事にするかという話に発展していったそうです。そのクラブのお風呂場の脱衣所には、洗濯物を持って帰るためのビニール袋が置いてありますが、他のゴルフ場の袋と違いしっかりとしていて厚く、私も洗濯物を取り出した後、便利に使っていました。ところがその偉人の末裔の方が、破れてしまうまで一つの袋を何度も使用されるということを聞いて、我々は恥入りました。以後、夫は洗濯物を出した袋を又持って、ゴルフに行っております。

あるゴルフの練習場で、父が練習ボールを打っていました。そのゴルフ場に所属しているプロゴルファーがそこを通りかかったのですが、どうしても父が練習しているそばを通らないと、目的地にたどり着けません。うるさいおやじに何かお愛想を言わねばと、「白洲さん調子はいかがですか」と聞くと、父は「君にそんな事を答える必要はない」と、練習の手を休めず言ったそうです。

そのプロゴルファーが、後日ある人にそのように嘆いていたということですが、何だかその光景が目に浮び、いかにも父らしくて私の好きな話です。

軽井沢ゴルフ倶楽部の入り口　昭和30年代

次郎のゴルフ倶楽部でのスナップ

パパとママ

今では当り前に通用している言葉ですが、私は物心つく頃から両親をパパ、ママと呼んでいました。自分から思いつくはずもなく、おそらく両親がそう呼ばせたと思われます。

学校などでは、他の人と違うということがはずかしい年頃の子供のこと、気を付けてパパ、ママとは言わないようにしていました。が、毎日遊んでいた近所の子供たちの前では隠しおおせる訳もなく、ついパパ、ママと口に出してしまっていました。しかし彼等はそれをからかうでもなく、すんなり受け入れてくれ、パパ、ママという呼び名は、近所では私の両親の固有名詞のようになってしまい、又両親もそれを喜んでいました。

後に中年になった彼等が、老人になった私の両親を相変わらずパパ、ママと呼んでいるのを聞くと、途中から鶴川に引越して来た我々を、仲間だと認めてくれたと改め

昭和29年、心血をそそいだ只見川のダム竣工式で秩父宮妃殿下を案内する次郎　秩父宮妃は正子の幼友だちだった

同じころ、珍しい夫婦のツーショット

て感じられ、嬉《うれ》しく思いました。しかし私の夫が、両親をパパ、ママと呼ぶと、お前のオヤジやオフクロじゃない、と腹が立ちました。矛盾しているのは解《わか》るのですが、なぜなのでしょう。

そんなことが理由だったのでしょうか、私は結婚しても夫の母を「お母さん」と呼ぶことが出来ず、照子さんとか、彼女の甥《おい》や姪《めい》が呼んでいた「てこおばちゃん」などと呼んでいました。父は、夫の母親を名前で呼ぶとは何事だと、常にぶつぶつ言っていました。ある日、父と私がロビンおじと話していた時に、ロビンおじが、最近のイギリスの若者は親のことを名前で呼ぶが由々しきことだ、という意見を述べました。それを聞いた父の顔は、バラ色に輝きました。「由々しきこと」という言葉だけは、父の中から都合よく消え去ったようで、それ以降は、私が夫の母を照子さんと呼んでも何も言わなくなりました。

最近結婚した私の息子のお嫁さんは、すんなり私のことをお母さんと呼んでくれ、羨《うらや》ましく思うと同時に、私にやさしくしてくれた照子さんを懐《なつ》かしく想《おも》い出します。

息子夫婦の間には、父の誕生日と同じ二月十七日に、女の子が生まれました。男の子ではなくて、何だかホッとしました。しかし、干支《えと》は母と同じ戌年《いぬどし》ですので、何かマズイなとも思います。

息子のお嫁さんは、退院した後、彼女の実家でしばらく過ごしておりました。夜は、彼女と彼女の母上と赤ん坊と、三人で並んで寝ていたそうです。自分の娘を思いやる母親の気持が溢《あふ》れていて、素晴らしいと思いました。同時に、自分が子供を生んだ時のことを思い出して、お嫁さんが羨ましいと思いました。そう正直に言ったら、母に悪いでしょうか。

猫アレルギー

私が子供の頃は、今のようにペットとしてではなく、ねずみ対策としてどこの家にも猫がいました。栄養のあるキャットフードや病気を診てくれる獣医さんもない時代でしたが、猫のエネルギーも旺盛《おうせい》だったせいでしょうか、そこここで生まれる子猫は、網の目のように張り巡らされた情報網によって、必ずどこかの家へ貰《もら》われて行きました。

ご多分に洩《も》れず、鶴川の家にもいつも猫がいました。その習慣が身についていたせいでしょうか、私も、ねずみの姿をあまり見ることもなくなった頃に結婚した後も、家と猫はセットのような気がして猫を飼っていました。

しかし母は、自分は猫がそばに来るとくしゃみが止まらなくなる猫アレルギーだと言って、猫を常に遠ざけていました。鶴川の家は広かったせいもあり、母と猫が遭遇する事はほとんどありませんでした。

終生、自分で食事を作ることの出来なかった母は、段々人手不足の世の中になり、結婚後まもなく隣の家に住むようになった私に、頼らざるを得なくなりました。あちらに誰もお手伝いさんが居ない時には、私が、我が家のおかずを母の家に運んでいました。マンションの隣どうしなら問題はなかったのですが、雨の日などは、傘をさして行かねばなりません。段々面倒くさくなった私は、「メシを食うならウチに来な」とある日宣言しました。すると母は、猫がいるから嫌だと言うのです。

じゃあ勝手にしろとほっておきますと、空腹に堪えかねてしぶしぶ我が家にやって来ました。そして、猫を別の部屋へやってくれと叫び、見たこともないような大きなマスクをかけて、一箸《ひとはし》ごとにマスクをはずしては又かけ直すのです。その姿に、私は笑いをこらえるのに苦労しました。

でも、我が家で食事をする回数が段々増えると、いつの間にかマスクは姿を消していました。あれほど避けていた猫も、食事をする母の足許《あしもと》でゴロゴロと喉《のど》を鳴らし、おこぼれに与《あずか》るようになりました。母の頭の中からは、猫アレルギーという意識は消え去ったようで、現実に、くしゃみ一つするのも見たことがありません。考えてみるとそれ以前も、猫のせいで母がくしゃみをしているのを見たことはありませんでした。

母の「猫アレルギー」は、多分に、猫があまり好きではないという、単に精神的なものだったようにも思えます。

七々《なな》丸《まる》のこと

母は犬が好きでした。子供の頃から、生涯で犬がそばに居なかった時はなかったと言っておりました。でも自分で世話をする訳ではなく、ただ甘やかすだけでしたが、犬を人間と同等に考えてはいけないということは、解《わか》っているようでした。それは、何千年もの間犬と暮して来た西洋人と暮した、彼女の外国での日々と、彼女の父親によってつちかわれた考え方らしく、人間とペットを同等に見る現代の風潮を苦々しく思っていました。同時に、犬に見合った人間の品位が、日本で見かけるペット好きの人々には揃《そろ》っていないと嘆いておりました。

犬の散歩にだけは、感心なことに、時折行っていました。徳ちゃんというシェパードを連れて散歩していた時のことです。たまたまお天気の良い日で、白内障を患《わずら》っていた彼女はサングラスをかけていました。前から来た学校帰りの小学生が四、五人で、母と徳ちゃんを見て、サングラスの母を目の不自由な人と思ったらしく、「あっ！

「盲導犬だ」と、口々に言いだしました。とっさに母は、彼等を失望させないために、目の見えないふりをしてやり過したそうです。

母が最後に飼っていた犬は、困った事に、人を咬《か》むのでした。七々丸という名前は、七月七日にもらわれて来たので母がつけた名前です。七々丸は、生れてすぐ母犬が死んでしまった雑種の犬です。近所の人から聞いた話ですが、生れてすぐ母犬と離れた犬は、母犬が色々と教えていないので、人を咬む犬に成長することがあるそうです。

最初は、ベッドの上で寝ていた七々丸を、どいてと押した途端に、母が手首をガブリとやられました。それを皮切りに、堰《せき》を切ったように七々丸は人を咬み始めました。最初の頃は、咬まれるのは母だけで、私たち夫婦と息子は、飼犬に手を咬まれた、などと諺《ことわざ》を引き合いに出し笑っておりました。母親は生きていても何も教えてくれないから、私も七々丸と同じだと母に言ったことがありますが、母は耳の蓋《ふた》をぴったり閉じて、どこかへ行ってしまいました。

その内に、色々な人たちに被害が及ぶようになりました。そういう私も二度咬まれてしまいました。とうとう七々丸は母一人の手に負えなくなり、我が家で引き取りましたが、時々脱走するのです。七々丸が人を咬むのは自分のテリトリーの中でだけだ、とは解っていたのですが、彼が脱走するたびに近所中を捜し回り、見つけるまで、も

七々丸と正子　左手首の包帯は七々丸に咬まれたため
平成3年（撮影・野中昭夫）

し他人様《ひとさま》に咬みついたらと、生きた心地がしませんでした。

つないであった綱を引きずって脱走し、その綱が首輪のところにきれいに結ばれて帰って来たことも二、三度ありました。どこか近所で可愛《かわい》がってくれるお宅があったようです。脱走するたびに、隣にある元の住処《すみか》、すなわち母の家に必ず顔を出してパンなどを貰《もら》い、母がそのまま家の中に入れて、私の迎えを待つことも時々ありました。

ある日の事、母が朝食をとりながら、長い間母の面倒を見てくれていた長坂さんと話していたところに、脱走した七々丸が訪れました。いつものように家の中に入れたその途端、七々丸が長坂さんの両手首に咬みつき、両手首とも骨折してしまう事件が起きました。申し訳ないことに、彼女はその後二ヶ月も入院生活を送る事態となってしまいました。

さあどうする、我々は食事も不味《まず》くなるほど考えました。皆の頭の中にあるのは、口には出しませんが、七々丸の保健所行きです。しかしどうしても踏み切ることが出来ず、獣医さんに紹介された訓練士に相談に行きました。その結果、七々丸の犬歯を切ってしまうということとなりました。

それ以後はあまり大した事件もなく、老犬となった七々丸は来客に吠《ほ》えることもなくなり、ベランダの居心地の良い場所を見つけ、一日中うとうとしているか、遠くを見るような目をして、昔を想《おも》い出しているように見受けられました。

その七々丸もだんだん後脚が弱り、一度よろけて転ぶと立ち上がれないようになってきました。立ち上がれないと、世にも悲しげな声で、昼夜の別なく立たせてくれと鳴くのです。そして、とうとう起こしても立ち上がれない日がやって来ました。

ある嵐《あらし》の日、夜に予定のあった私は、寝たきりになった七々丸に手で餌《えさ》をやり、風雨の当たらない場所に移してスポイトで水を飲ませ、帰りに犬のオムツを買ってこなければと思いながら、ボロきれを七々丸のおしりにあてて出掛けました。これからの、七々丸の寝たきり生活を想像して暗い気持になりました。そしてその夜、いつも何となく鳴いて私を起こしていた七々丸が一度も鳴かないのは自分の熟睡のせいかと思い、翌朝行ってみると、前夜私が寝かせたままの状態で息を引き取っていました。

その逝《い》き方は、散々苦労をかけた飼主への、最後のせめてもの感謝のように思えました。

ファッションショー

母は買物が好きでした。骨董《こっとう》はさておき、高い安いにかかわらず洋服、バッグ、靴、食器、布、文房具など世の中に存在するすべての品々に、興味を示しました。雑誌や街で見かける若者たちの流行にも関心を示し、古くはレッグウォーマーや、トレーナーやスウェットパンツ、今でこそスニーカーを履いている中年以上の方たちもたくさんいらっしゃいますが、当時は若者の靴であったスニーカーも逸早《いちはや》く手に入れ、悦に入っておりました。

一個十円の物でも、いくつかある品の中から一つを選ぶ時などは、少しでもよい物を選ぼうと神経を集中しているのが、傍目《はため》にも見て取れました。趣味で焼物を始めていた私の夫の小さな電気窯《がま》を開ける時も、真っ先に駆け付け、何個かある中から少しでも良いものを選ぼうと、目を凝らすのでした。それ故《ゆえ》でしょうか、展覧会などは、自分が相当に興味のあるものにしか足を運びませんでした。

バブル期の頃からでしょうか、内外のデザイナーたちが競ってファッションショーをやるようになりました。

彼女の元にも時々ファッションショーの招待状が届き、ある日そのうちの一つに出掛けて行きました。しかし、見るだけのファッションショーなんかつまらない、さわったり、着てみたり、買ったり出来ないのなんかつまらないと言って、その後二度と足を運ぶことはありませんでした。

私がＹＭＯ（イエロー・マジック・オーケストラ）のＬＰレコードを買って来たことがありました。その中に沖縄の音楽をアレンジした曲があり、それを聞いた母は、上布《じょうふ》や芭蕉布《ばしょうふ》などの織物を通して知った沖縄の音楽が大好きだったと言い、すぐに自分も欲しいと言い出しました。同じＬＰを買って来ると、毎日飽きずに聞き続け、興に乗ると箪笥《たんす》から芭蕉布の着物などを引っ張り出して羽織り、自己流に振付けた沖縄風の踊りを、レコードに合わせて踊り続けるのでした。

装束研究家の高田倭男《しずお》先生からうかがった、いかにも母らしい話があります。

ある日高田先生の研究所で、高田先生のインドの布のコレクションを色々と見せて頂いたことがありました。母も生前それらを楽しませて頂いていたようです。ペーズリー模様のショールや、これ以上薄い布は存在しないであろうサリーなど、素晴らしい品々ばかりです。その中に、いかにも母の好きそうな、ターバンにする細長い布がありました。それはとても長いのにもかかわらず、十センチぐらいごとに違う模様と色で染め分けてありました。

高田先生に、これは母が好きだったでしょうとお聞きしますと、母には見せていないとおっしゃいました。理由を尋ねますと、もし母に見せたら、有無を言わさず持って行ってしまうであろうからと、笑っておられました。その布を見た途端に鷲《わし》づかみにして、決して手放さない母と、困ったお顔の高田先生の図が瞬時に頭の中に浮かび、おかしくなりました。

糸底

子供の時から、母のうしろにくっついて骨董屋《こっとうや》さんに行くと、色々な焼物が出てきます。それらを一つ一つ母は眺め、摩《さす》り、引っ繰り返して底を見ていました。匂《にお》いを嗅《か》いでいるのも見た事があります。そういう光景を見て育った私は、焼物の底にはそれを判断する何かが潜んでいると思うようになりました。

大人になってからのある日、焼物で名高い、ある西洋の国の大使館での食事に招待されたことがありました。評判にたがわず、次々と見たこともないようなお皿が出て来ます。大使夫妻は一枚ずつ、お皿の説明をして下さいます。

お酒をいただいて良い気分になっていた私の頭に、子供の時に見ていた、焼物を引っ繰り返して底を見ていた母の姿が蘇《よみがえ》りました。私は我慢出来ずに、お料理を食べ終わったお皿を引っ繰り返して底を見てしまったのです。日本の焼物と違い、西洋皿の裏側にはなにもありませんでしたが、一瞬その場の空気が凍りつきました。どうやら西洋では、お皿を引っ繰り返すのはマナー違反だったようなのです。しかし次の瞬間、大使夫人は顔色も変えず、彼女の前にあったお皿で私と同じ行為をして下さいました。あっという間にその場の空気は和み、同席していた方々も、我も我もとお皿の底を見始めたのです。

帰ってから母に一部始終を話しますと、見たい物は見ればいいと、彼女独特の返答をしていましたが、内心では、自分の娘に恥をかかせないようにしてくれた大使夫人に感謝しているようでした。

後日同じような話を聞きました。イギリスのエリザベス女王が、ある国の国賓との会食中に、その国賓がフィンガーボールの水を飲んでしまったのを見て、彼女も直ちに同じことをしたという、有名な話です。客人に恥をかかせまいとする心遣いが素晴らしいと思い、自分も一度やってみたいものだと思いますが、今だにそのチャンスがありません。

鉛筆と箸《はし》

母は鉛筆を手で削るのが大の苦手でした。彼女が削った鉛筆を見ると、あまりの稚拙さに、一目で誰が削ったかわかりました。私が小学生の頃から、たくさんの鉛筆を、削ってくれと私の元に持って来ていました。後年、面倒くさいので鉛筆削りを買いますと、現在使われている電動と違って手で回すものであったせいか、うまく出来なかったようで、それも又、私の仕事になりました。電動式の鉛筆削りが発売されたのでそれに換えましたところ、木の部分が丸く削られるのが気に入らず、やっぱり手で削った、鉛筆の角にナイフの入った方がよいと言い出し、又、鉛筆削りは私の仕事に戻りました。

一時、先に紐《ひも》がついていてそれを引張ると紙の皮がくるくると剝《む》け、芯《しん》が顔を出す赤鉛筆がありました。私はいい物を見つけたと思い、それを買って来て母に渡しました。しばらくして母の机の上を見ると、丸まったたくさんの屑《くず》と丸裸の赤い芯が、無残に転がっていました。

手紙を開けるのも同様で、机の上の木のお盆に鋏《はさみ》や肥《ひ》後守《ごのかみ》などが入っているにもかかわらず、手で破って開封します。電動の封切りを置きますと、これ又、木のお盆の上の品々と同じ運命です。

母に、何故《なぜ》使わないのかと聞きますと、一刻も早く読みたいからだと言います。実際は機械の方が早いのに、自分の手から封筒が離れている時間の方が、自分の手で破っている時間より長く感じられるようでした。どうでもよい封書はサーッと機械で開け、「練習しているの」と言っていましたが、その練習が実を結ぶことはありませんでした。

時々気が向くと、軽井沢の家などで食事の仕度をしている私に、小さい子供がお手伝いをせがむように、何かを手伝いたがりました。ある日、じゃあ食パンでも切らせてみようかとパンとまな板と包丁を渡してみました。しばらくすると、とっとと自分の部屋に引き上げる足音がしました。置き去られたまな板の上のパンを見ると、焼きたてだったその食パンは見るも無残にぺっちゃんこになっていました。料理をなさる方たちは既におわかりと思いますが、焼きたてのパンを切るにはある力加減がありま す。母はただ、包丁を大根でも切るように使って、パンを切ろうとしたに違いありません。

手先が不器用で、鉛筆も満足に削れず、その上家事はまったくしなかった母ですが、口うるさく私に言い続け、今だに私の習慣となっている家事と言えることが二つだけあります。

一つは、着物を着て外出して帰って来た時は、直ちに長襦袢《ながじゅばん》の衿《えり》をベンジンで拭《ふ》いておく、ということです。

もう一つは、箸です。我が家ではお箸が誰のものと決っておらず、利休箸を使っていました。木製の利休箸はなんの塗りも施していないので、食事が終ったらすぐに洗っておかないと、すぐに汚くなってしまうということです。もっとも、彼女が衿を拭いている姿は見たことがありますが、箸を洗っているのは見たことがありません。

もう一つ、家事とは言えないようなことですが、母が教えてくれたコツがありました。海苔《のり》を焼く時は二枚を重ねて焼くと、海苔の香りが逃げずに美味《おい》しく焼けるというのです。食事の最中に海苔が必要になると、私の出番だとばかりに嬉々《きき》として、手元に電気コンロを引き寄せ、何度も何度も海苔の両面を電気コンロの上で滑らせて、焼き上げていました。

しかし母の教えも空《むな》しく、焼いていない海苔を使うのは巻き鮨《ずし》のみという我が家では焼き海苔ばかり登用されていて、私は一度も海苔を二枚重ねて焼いた事はありません。

ファックス

母の所にはしばしば、編集者の方たちが原稿の校正刷りを持って来られ、長い時間、母がそれを直すのを待っていました。中には遠慮のない家政婦さんに、藤《ふじ》のつるを切れだとか、庭をはけとか、重い物を移動しろだとか、手伝わされる方も出て来る始末です。

時々は、レーサーのような装束に身を固めた、かっこいいにいさんのバイク便が原稿を運んで来て、これまた母が校正をする間、所在なげに待っているのです。

待たされている彼等があまりに気の毒なので、ファックスでやりとりしたらどうかと、母に提案しました。しかし母は、目に見えない所では現代社会の機械化の数々の恩恵を受けているにもかかわらず、原稿は、人間の手を経ないと信用出来ないらしいのです。ファックスの機械を通ると自分の原稿が違う物になってしまうように思えると言い、いくら説明しても首を縦には振りませんでした。私も意地になり、人間の手でるより機械の方が良く出来ることが、これもある、あれもある、と、色々と例をあげて説明します。それらについては納得するのですが、自分の原稿がファックスを通るのだけは、どうしても許すことが出来ない母でした。

酢豚病

母は、本人にとってはいわゆる古き良き時代に成長したせいか、まったく家事をする能力がなく、常にお手伝いさんが必要でした。晩年は、母の育ってきた時代と違って住み込みで働いてくれるお手伝いさんなど周りに居ようはずはなく、人材派遣会社に、住み込みの家政婦さんを頼んでいました。家の構造や母の生活の煩雑《はんざつ》さのせいか、家政婦さんは比較的短い期間で交代していました。エピソードはいろいろありますが、彼女達の名誉のために、いろいろ書くのは控える事にいたしましょう。ある家政婦さんから名前まで呼びすてにされ、色々と用事をさせられた新潮社のA氏などは、多大な被害を被《こうむ》った一人です。

母は何か自分の食べたいものを思いつくと、私に注文するのが常でした。中でも酢豚は、食べたいと言い出すと、三日に一度は食べたい、というのが何日か続くのです。

ある日、彼女の酢豚病が始まった時、たまたま私が何日か家をあけたことがありました。どうしても自分の欲求を満たしたかった彼女は、家政婦さんに酢豚を作ってくれと頼みました。そして帰って来た私に、とてもおいしい酢豚だったと、私に頼らなくても酢豚が食べられるのだという勝ち誇ったような笑みを眼の端に漂わせて、言いました。私は私で、これで酢豚からは解放されたわいと、うれしくなりました。家政婦さんにも母が大変喜んでいたと伝え、作り方を聞きますと、細々と説明をしてくれました。

数日後、家政婦さんの休みの日、私が台所で探し物をしていると、台所の棚の奥に酢豚の素《もと》の使いかけの箱を発見し、笑いとともに、母の勝ち誇った笑みに対するざまあみろという気持がこみあげてきました。でも何だか、母の食に関する名誉を傷つけるような気がして、実はあれがインスタントだったと伝えることが出来ませんでした。

しかし考えてみると、大会社が何度も試行錯誤を重ねた上で作っている製品が、不味《まず》いはずはありません。食事を作るという行為から遠く離れている母は、世の中の食糧事情にまったく疎《うと》く、そのような製品の出現にも気が付いていませんでした。母の心の中では、自分のために誰かが一生懸命何かを作ってくれるという行為が、味覚の一部になっていたようです。後日、青柳恵介氏が酢豚作りの名手だということを聞き、もっと早く知っていればと残念に思いました。

正子　武相荘にて　平成６年（撮影・松藤庄平）

この出来事については、私の毎日の食事作りでも非常に思う所がありました。手で作っても機械で作っても結果が同じような物は、機械で作った方が時間も省くことが出来ますし、手間隙《ひま》かけて自分で作るより市販の物の方がおいしい場合もあります。しかし作る方としてのせめてもの最後の砦《とりで》は、冷凍食品のパックや電子レンジのチンという音を、食べる人に見えないように、聞こえないようにすることです。

烏《う》骨《こっ》鶏《けい》

我が家の息子が高校生の頃、つがいの烏骨鶏を飼いはじめました。雌鳥《めんどり》が卵を生むようになり、母に一つ進呈すると大喜びで、毎日朝食に半熟で食べるのを心待ちにするようになりました。しかし、烏骨鶏は普通のにわとりのように、毎日は卵を生みません。毎朝、今日はどうだったかと聞くのが、彼女の日課になりました。

卵を持っていくと、しばし掌《てのひら》にじっと抱き、目を閉じているのが常でした。何をしているのかと尋ねると、いつになく穏やかな表情で、こうしていると心が安まると言い、それから半熟にして、小さなお匙《さじ》で一口ずつゆっくりと食べていました。

同じような所作をする母をみかけたことが時々あります。その時の母の掌には、水晶の勾玉《まがたま》や鈴などが抱かれていました。

つがいの烏骨鶏もだんだん増えて、あまり心待ちにしなくても卵が食べられるようになったある早朝、何かの小動物が地面を掘って鳥小屋に侵入し、数羽が餌食《えじき》となりました。その話をすると母は顔色を変え、すぐに修繕屋さんに電話をして、鳥小屋の周囲にコンクリートの土台を回す手配をしてくれました。

十七万円もかかったそうですが、自分の毎朝の楽しみは、何にも代えがたいものだったようです。

入れ墨と極道映画

母が「芸術新潮」に、入れ墨の事を書いたことがあります。六十九歳のときのことでした。横浜の入れ墨師の所へ取材に行き、感激して帰って来ました。入れ墨の色や図案、技術の素晴らしさを興奮の面持ちで語り、原稿を書き始めました。ふと原稿を書いている母を後ろから覗《のぞ》きこむと、ペン立てに入っているマジックペンで、手の甲に、何やら入れ墨のごとき模様を描いているのです。その没頭ぶりは、声をかけるのも憚《はばか》られるほどでした。

その日の夕食時、母は突然、手の甲に残っているマジックペンで描いた模様を右手で撫《な》でながら、「私も入れ墨をいれようかしら」と言いだしました。既にその頃には、若者たちの間ではタトゥーなどという洒落《しやれ》た呼名で市民権を得つつあった入れ墨ですが、凝り性の母のこと、全身を入れ墨で埋めつくすくらいのことはやりかねません。それをもし見たら父が浮かべるであろう驚愕《きようがく》の表情と、よく温泉などで見かける「入れ墨の方お断り」という看板が、同時に私の頭の中に浮かびました。

やめときなさいよ、と言う私の言葉などどこ吹く風で、図柄は天女だ龍《りゅう》だなどと言い出す始末です。一計を案じた私が、「内股《うちまた》に、バラの花と『次郎いのち』と入れなさいよ」と提案すると、彼女の中でなにかが弾《はじ》けたような顔をして、二度と入れ墨の話をしなくなりました。

母は朝食をとりながら、その日の新聞を読んで、テレビの番組表の自分が見たい所に赤エンピツで印をつけるのが常でした。母の兄も同じような事をしているのを見て、兄妹《きょうだい》とは不思議な血でつながっていると思いました。

テレビ番組の好みは多種に渡っていて、スポーツや映画、ドキュメンタリー、音楽などでしたが、一昔前に東映でさかんに制作されていた極道映画は特にお気に入りでした。古い映画なので夜中に放映されることが多く、時々見逃してしまうこともあり、極道映画見たさに、古いテレビが壊れたのを機にビデオ付きのテレビに買い替える程でした。もっともビデオの予約操作などは私がやるものと、無意識のうちに決めているらしく、いくら教えても覚えようという気は最初からないのが、見てとれました。再生の方は、自分が好きな時に見たい一心で、覚えることが出来ました。

賭場《とば》の場面の姐御《あねご》の壺振《つぼふ》りや、羽織の中での花札の音などがお気に入りで、ある種の踊りの型のようだと、飽きずにテレビに見入っていました。

ある日、どこからともなくいい味のついた小さな籠《かご》を買って来ました。気にも留めないでいると、次々とサイコロ、花札と揃《そろ》ってきます。さてはと思ってそれとなく監視していますと、ある日誰もいないのを見計らったのでしょうか、畳の上に正座して、一心不乱に壺振りの練習をしているのです。私が見ているのに気が付いた母は、見られてしまったというばつの悪さより、共犯者が出来たという喜びが勝ったようで、座って見ていろというのです。壺振りの方はどうやら形になりましたが、花札の方は何とも、袂《たもと》の中でのあのパチッという音が出ず、それは花札が安物のせいだと花札のせいにしていましたが、やはり自分には無理だと悟ったのでしょうか、いつしかやめてしまいました。

いい味のついた籠は、何事もなかったかのように花が活《い》けられ、机の上に置かれるようになりました。

太鼓

母は野球の観戦が好きで、時折球場にも出掛けて行きました。ひいきのチームは特になく、世の中の多くの方たちと同じアンチ巨人でしたが、各チームに何人かひいきの選手が居て、その選手を応援するという具合でした。

ひんぱんに新幹線を利用していた母は、野球選手の移動に乗り合わせることも多く、「今日は誰それが乗っていた。あの時のプレーは良かった、これからも頑張ってね、と声を掛けておいた」と、野球ファンの子供のように得意そうに言っていました。サインこそお願いしたことはなかったようですが、妙なばあさんの呼びかけに、驚かれた選手の方も多かったのではと思います。

シーズン中、何回かの球場通いの他は、朝刊のテレビ欄に赤色で野球放映に印をつけて時間が来るとテレビの前に陣取ります。そして、御ひいきのバッターやピッチャーが画面に登場すると、すっくと立ち上がり、彼等のフォームに合わせてピッチング

次郎と正子　武相荘にて　昭和25年ごろ

やバッティングのふりをするのでした。そしてそのフォームが突然お能の振りに変わり、腰の入れ方は野球もお能も同じだ、と納得の笑みを浮べ、またテレビ観戦を続けるのでした。

今では禁止になったらしく聞かれる事はなくなりましたが、当時は応援の太鼓と笛の音が球場に鳴り響いていました。当初、母はその笛の音に合わせて、手近にある木の鉢などを木の棒で叩《たた》いていましたが、ある日銀座にあった「金太郎」というオモチャ屋で、小さな太鼓と笛を買って来ました。そして、その三種ならぬ二種の神器を携え、テレビの前に陣取って、球場の応援に合わせて太鼓を叩いて笛を吹くのでした。

しかし手は二本しかなく、太鼓を叩けば笛が吹けず、太鼓のほうがお好みだった母は、嫌がる父に笛を渡して、合奏を強要していました。しかし音痴の気があった父はうまく笛が吹けず、そうと見ると、母はその笛を引ったくって太鼓を彼に与え、応援の大合奏が始まるのでした。二人で太鼓を叩き、笛を吹くさまは、子供のように可愛《かわい》いものでした。

Mr. & Lady

父から聞いた話ですが、イギリスの貴族の家に生まれた女性は通常の名前の前に、Miss ではなくて Lady とつけて呼ばれるそうです。貴族の男性と結婚した女性は、結婚する前は Miss でも結婚後は Lady と呼ばれ、Mr.と結婚した Lady は Mr. & Mrs. ではなくて Mr. & Lady と呼ばれるそうです。

母の祖父・樺山資紀《かばやますけのり》は薩摩《さつま》藩士でしたが、明治維新後、伯爵《はくしゃく》となり、母の父・愛輔《あいすけ》もそのにわか伯爵を引き継いでいました。その話を聞いた私が父に、「イギリス流に言えばあなた方は"Mr. & Lady Shirasu"なのね」と言うと、途端に面白くなさそうな顔をして、どこかへ行ってしまいました。

三

娘の結婚

自分の両親を尊敬し、あのようになりたいと思って成長する子供がいる反面、ああはなりたくないと思い、親に反発して成長する子供もいます。私は明らかに後者に属していました。もっともそれは心の中のことであり、実際に行動に出るわけではありませんでした。しかし現代のように情報溢《あふ》れる社会に育っていたらどうだろうと思うと、自信がありません。

私の両親は個人主義というか、無関心というか、私が何か相談したいと思う時、それを受け入れてくれるような雰囲気はまったくありませんでした。私が中学生の頃から、すでに父は政財界の仕事、母は執筆で忙しく、何でも自分で決めてきたように思えます。友達がお茶やお花、料理や裁縫などのお稽古《けいこ》事《ごと》に通っているのを見て、私も行ってみたいと言いますと母は、「あんな物はくだらない。習ったからといってどうなるもんでもない。習ってしまうとその形になってしまって、自分らしさを出すのに後で大変苦労しなければならない羽目になる。それより、いい物を見る方がためになる」と、自分がお稽古事をやらされたおかげで苦労した風な話しぶりでした。

私は、ないものねだりで、両親のような結婚とは違う結婚をしたいと思っていました。

父に、父親として娘の結婚に漠然とした夢があるのは、かねてより解《わか》っていました。それは常日頃の父の言動とは違って、実に世俗的な夢でしたが、父親として娘の安泰な一生を願うのは当然のことだったのでしょう。また、常々、私が誰と結婚するのでも反対してやると豪語していました。

案の定、私が結婚しようと思った相手は、父の理想とはかけ離れた人でした。父の周りで彼の家のことをとやかく言う人もいました。ですが、何故《なぜ》私が彼を選んだかと言いますと、彼の家庭が、我が家とはまったく正反対だったから、というのが理由の一つです。父は私に彼との結婚を諦《あきら》めさせようと、彼や彼の置かれている環境について色々と貶《けな》すのですが、私が耳を貸さないと見ると、母に泣きつきました。父が母に何を言ったか知りませんが、自分の不満を彼女と共有したかったのだと思います。

ある日、母は彼と二人で話がしたいと言って、「こうげい」の近所のレストランに出掛けて行きました。何なの？　と聞いてもへらへら笑うばかりで教えてくれません。

彼との会談を終えて帰って来た母は、「あれは大丈夫だわ」と一言のたまい、父にもそう伝えたようです。父は、私の結婚のリスクを母と分かち合ったことから、母の判断をしぶしぶ承諾しない訳にはいかなくなりました。

いよいよ、彼が私との結婚の許可を父に直接求める日がやって来ました。その日は朝からどんよりとした空の、寒い日でした。それから起こることを、鶴川《つるかわ》の家に集まった人間は父以外皆知っており、頃合を見て、父と彼を二人にして別室へ引きあげました。父はいつものように暖炉の前に座り、時折薪《まき》をくべていました。緊張に顔を強《こわ》ばらせた彼が、私と結婚させて欲しいと言うと、父は、自分は子供の結婚には一切口を出さない、皆好きにさせる主義だと答え、彼の方を見ようともしなかったそうです。私はその場に居たわけではありませんが、黙々と火を見つめ、薪をくべながら彼の話を聞く、寂しさを漂わせている父の姿を容易に想像することが出来ました。

世間のお母様方は、娘の結婚が決まると、本人と一緒に支度に没頭されるものらしいのですが、母は相変わらず自分の仕事に熱心で、娘にはまったく無関心でした。自分が結婚する時も、母親が病気で何もしてもらわなかったそうです。私が、こういう物が欲しいと言うと、「次郎さん、桂子にお金をやってちょうだい」とのたまうのみでした。

唯一《ゆいいつ》、何かの時にいるかもしれないからと、牧山家の家紋のついた着物を作ってくれました。それも例の通り、ばあさんになっても着られるという地味な着物でした。確かにほとんど「ばあさん」の今でも着ることが出来ますが、夫の母方の祖母は、地味な着物に細い帯という着方しかしない孫の嫁さんが不満だったらしく、「もっと明るい色の着物で、帯をおたいこにしめた姿を見せておくれ」と何度も私に言っておりました。が、そんなことを母に言ったら、母がどう答えるかは明らかでしたので、とうとう夫の祖母に、彼女の満足する着物姿を見せることが出来ませんでした。気の毒な事をしたと思います。今では、あの時自分で勝手に祖母が気に入るような着物と帯を作ればよかったと思うのですが、当時の私は正子教の教祖にマインドコントロールされていたとしか思えません。

ある日突然、母が父に、桂子の嫁入り仕度を揃《そろ》えに京都に行くと言い出し、私は、やっと母親らしく、嫁入り前の娘に何かしてやる気になったわい、とほくそ笑みました。が、京都に着くと、母は骨董屋《こっとうや》に行こうと言って私のことなどケロリと忘れ、自分の買い物に没頭するのでした。私が台所道具屋さんに行こうと言うと、「私は、料理の事などわからん。(佐々木の）達子さんに一緒に行ってもらいなさい」と、自分は自分の行きたい所へ、いそいそと出掛けて行くのです。

結局京都行きの成果は、母にくっついて行った骨董屋さんで買った皿十枚と片口一つ、数本の包丁に終わりました。それと同じ皿は、先日、ある骨董屋さんで見たら結構なお値段になっていて、何だか惜しくて使えなくなってしまいました。包丁は何度も研いで、皆半分位の大きさになってしまいましたが、現在も元気で働いてくれています。その包丁を使う度に、母との苦い思い出の京都行きがよみがえります。東京に帰って来て、十枚の皿と片口を前にして、いくらなんでもこれでは足りないと母に言いますと、食器棚につかつかと歩み寄り、明らかに自分があまり気に入っていない皿や茶碗《ちゃわん》、鉢などを取り出し、ほこりをかぶっていた船簞笥《だんす》と共に並べ、これで揃ったとばかり逃げて行きました。


結婚が決まってから実際に結婚するまでの短い間、父は虎視《こし》眈々《たんたん》と破談のチャンスを狙《ねら》っていたようですが、その機会はとうとう訪れず、赤坂のレストランで小さな結婚披露宴を催すこととなりました。父は事あるごとに口を出し、私を困らせました。また、嫌になったらいつでも帰ってこいと言って、母に大目玉をくらっていました。

その時からはや四十年余経《た》ってしまいました。そのレストランは、もうとうに亡《な》くなりましたが、吉田茂さんが大使時代に各国の大使館の台所を仕切っていた志士さんというコックさんがやっておられたレストランでした。

父は、十七時からの披露パーティーに、夫や夫の親族が皆ディナージャケットを着るということを知り、十七時からディナージャケットなどとんでもない、あれは十九時からのものだと言いはり、頑としてディナージャケットを着ることを拒否し続けました。当日まで、私は父が折れてくれるのではという僅《わず》かな期待をもっていましたが、それは見事に裏切られました。両家の間であたふたする私を不憫《ふびん》に思ったのか、白洲家サイドでは、下の兄だけがディナージャケットを当日着てくれました。

母はというと、二月の披露宴のために、古澤《ふるさわ》万千子《まちこ》さんに季節にぴったりの梅の着物をチャッカリお願いし、出来上がって来ると自分が結婚するがごとくはしゃいでいました。その代金は、娘の結婚という錦《にしき》の御《み》旗《はた》の元に、「次郎さんお願い」で片付けられたのは、想像に難くありません。

私の結婚生活はどうやらスタートしましたが、新婚の食卓には、いつも見慣れた古い食器が並ぶ次第となりました。

当時、母と同じで料理などまったく出来ない私は、炊飯器の使い方さえ知らず、添

著者の結婚式での次郎（上）と正子（下）のスナップ

付されている説明書を頼りにやっと米を炊飯器にセットしたものの、スイッチを入れ忘れ、御飯が炊《た》けていないなどということもしばしばありました。誰かに聞いてみればよかったのですが、母に電話して聞こうにも知っているはずもなく、最初から人に聞くという考えはまったくありませんでした。

おかずも何を作ってよいかわからず、母に貰《もら》ってきた食器を見て、この織部《おりべ》の皿にはしばしば煮魚がついていたとか、牛の絵が描いてある角鉢には肉じゃがだったとか、三島手《みしまで》の小皿には卵とじだったとか、記憶を辿《たど》って毎日作っていました。妙な所で古い食器が役に立ったと思います。

しかし、困った事が起きました。夫の母はお料理の上手な人でしたが、どういう訳か、洋食か中華なのです。夫のおふくろの味は、洋食か中華。白洲家で当時食事を作ってくれていたのは、母の従姉妹《いとこ》の柳原家に居た人で、洋食や中華は料理の中には入ってないというような人物でした。彼女の作る洋食っぽい料理と言えば、コロッケと昔風の黄色いカレーライス、ロールキャベツくらいのものでした。夫は煮魚など見るのも嫌だと言い、だんだん煮魚がついていた織部にはハムエッグ、牛の絵の角鉢には煮込み、三島手の皿にはポテトサラダという風に、料理は変って来ました。夫は鶏《とり》のもも焼も大嫌いで、訳を尋ねると、留守番のたびに鶏のもも焼を置いておかれたからだそうです。料理の上手な母親が居ても、それはそれで違う悩みがあるものです。慣れとは怖いもので、今では彼も、織部に盛った魚の煮付けも食べるようになりました。

鶴川への引越

世田谷区にあった娘の新婚家庭に、両親が訪れることはありませんでしたし、便りのないのは無事の印と、電話してくることもありませんでしたが、結婚して一年もたたないある日の夕方、父がなんの前触れもなく登場しました。父は一部屋しかない我が家の中を、初めて他の家を訪れた犬のようにせかせかと歩き回り、風のように数分で帰って行きました。

二、三日後、父から電話があり、昼飯を食おうと言うので出掛けて行きますと、いつになく思い詰めた顔をして、鶴川の家の隣に引越して来いと言うのです。何か、我々の住まいがお気に召さなかったようです。私が返事をする前に、父は農地だった土地を宅地にするなどして、勝手にどんどん準備を進めて行きました。そこにはまったく口をはさむ隙《すき》はなく、とうとう鶴川に家を建てることになりました。しかし若い二人に建築資金などあろう筈《はず》がなく、公庫から借金をしたり、何とかお金を掻《か》き集めて、どうやら小さな家を建てることが出来ました。負け惜しみのようですが、若い時の金の苦労は良いものです。

内心、父や母が資金面で助けてくれないかと期待していたのですが、母にそれとなくそういうことを言いますと、「私たちだって若い時は金なんてなかったよ。たちさん（母の実家から、母が結婚する時について来てくれたお手伝いさん）に借りたことだってある」と、どこ吹く風、知らぬ顔の半兵衛《はんべえ》でした。

鶴川に引越してからは、母は、運転も出来る便利なものが近くに来たわいとばかり、犬の散歩の折などにしばしば立ち寄り、色々な用事を私に言いつけるようになりました。ふと気が付くと、結婚する前よりも母と会って話をする事が多くなっていました。

母にとっても、結婚前と違って私が自分の娘という感情は薄くなり、人と人、という感情に変っていったようです。今から思いますと、あの頃から、母との本当の付き合いは始まりました。毎日洗濯や掃除をしたり、家事をする私を目《ま》のあたりに見て、母が尊敬の眼差《まなざ》しを向けるのが分かりました。同時に、何も娘に花嫁修業などさせなくたってうまくいくものだ、自分の考えは間違っていなかった、という自信と満足の表情も見て取れました。

その頃「こうげい」を知人に譲って家にいることが多くなり、しばしば来客のあった母は、そのための食事の献立や買い物、花活《い》けまでも、だんだん私に頼るようになって来ました。私から献立や花の種類を聞くと、これにはこれ、と食器や花器などを出して来て、私が活けた花や料理を見ると、食器が良ければ料理も映えると、相変わらずのへらず口振りでした。

母への来客の折に私が同席することはほとんどありませんでした。私の両親は、世間の風習と違う独特の考え方や処し方をしていて、世間の方々は、あの夫婦ならしょうがないと認めて下さるところがありました。でも、それは彼等二人だけの宝であり、彼等以外の家族のものではありません。私が常に同席すると、母に対して認めて下さることを、自分も共有出来ると勘違いするに違いない、という危惧《きぐ》が自分にあったからです。

後年ですが、大きくなって来た息子にも、母のもとにはあまり出入りをさせませんでした。孫を誉《ほ》められて、うれしくないおばあさんはいる筈もなく、しかし又、私よりも母と付き合いの浅い息子が、母たちのやり方など知るよしもありません。そこで甘やかされながら見聞きすることは、少年にとっては、私にとってよりもっと危険なことにちがいないと思ったからです。彼にとっての正子には、単にやさしく甘いおば

正子と著者
昭和32年、ヨーロッパに旅立つ正子を送りに行った羽田空港でのスナップ

あちゃんでいて欲しかったのです。

父は、私が結婚してからも、自分の期待していたような人間とは違う、娘と結婚した気に入らない男について、直接本人にではなく私に、色々と嫌味を言っていました。当時ドイツ製の車のセールスマンをしていた彼を評して父は、「イギリスでは、セールスマンはジェントルマンではないという言葉があるぞ」と言うのです。ここは日本だ関係ない、と思いながらもなんだか面白くなく、たまたま日本を訪れていたロビンおじに、父がこんな事を言ったけど本当かと尋ねました。すると、いつもは静かなロビンおじが大声で笑い、「そんな話は聞いた事がない。ジローのジェラシーだ」と言います。娘の居ないロビンおじには理解出来ない、友人の愚かな一面だったようです。

母は、父のそういう言動を見つけるにつけ、そんなに婿《むこ》が気に入らないのなら、なんで自分の気に入った男を連れて来ないのか、責任を取るのが怖いのだろう、自分の娘が信じられないのか、弱虫！　と、がみがみ言っておりました。が、そのうちにだんだんと風向きが変り、父が知り合いの人たちに、あいつは俺にドイツ車を売りつけて娘をもって行きやがったとか、俺の娘と暮して行けるなんて大した奴《やつ》だとか言っているのが、聞こえて来るようになりました。

私は結婚する以前は、あまり口数の多い方ではなく、自分で理解していることは、最小限の会話で人に通じるものだと思っていました。それが相手に通じない場合は、それでいいとも思っていました。外国にしばらく行く事になった時に、母は私に、西洋に行ったら、ノーと思った時は最後までノー、イエスの時は最後までイエス、自分の意見ははっきり言わないと駄目だと訓示をたれました。それは大変役に立ちました。

結婚した私の夫は非常におしゃべりで、口だけでは足りない時は、手振り身振りまで入れます。何だかつられてしゃべっているうちに、私もおしゃべりになって来ました。やはり、言葉を口に出して話をしないと、誰も自分のことは理解してくれないと解《わか》りました。今ではすっかり口数の多い女になっています。

孫

父が、隣に引越して来た娘夫婦の家に来ることはほとんどありませんでした。来たとしても、家にあがることはなく、窓ガラス越しに自分の言いたいことだけ言うと、そそくさと帰って行くのです。他人の家に勝手に上がりこんではいけないというのが彼の言い分でしたが、兄たちの家には勝手に出入りしていましたから、やはり、私を嫁にやったという意識が強くあったのでしょう。普段の父の言動からはまったくかけ離れた、古い日本人の部分を垣間見《かいまみ》た気がしました。

それがある時、突然崩壊する日がやって来ました。

息子が生れたときは、生れたての赤ん坊は怖いと言って病院に見にも来なかった父が、私たちが退院してしばらくしてから、我が家にやって来ました。夫が家に居るのを見た父は、相変わらず窓越しに、ここへ連れてきて息子を見せろと言います。家の中に入って来なければ見せないと言ってベビーベッドに寝ている息子を指差すと、突然物も言わずに、ドカドカと上り込み、息子を覗《のぞ》き込むと無言で帰って行きました。不思議な事にその日以来、父の古い日本人の部分はどこかへ吹き飛んだようで、勝手に我が家に出入りするようになってしまいました。

父は昭和三十二年（一九五七）、赤坂に念願のタウンハウスを持ちました。その東京の家と鶴川の家と半々の生活をしていた父は、ある夕方、なんの連絡もなしに、鶴川の家で食事をしていた母の面前に現れました。母は意地悪い顔をして、「突然帰って来たって食べる物なんかないわよ」と、勝ち誇ったように言ったそうです。父は無言で我が家へとやって来て、いじめられた、なんか食う物ないかと上がり込み、食べる直前でテーブルに出してあった焼き鳥に目をつけました。たくさんあるから食べていいよと私が言いますと、嬉《うれ》しそうにテーブルにつき、食べ始めました。しばらくその場を離れた私が戻ってきて見た光景は、信じられないものでした。皿の上に山盛りだった焼き鳥が一本も残っていないのです。その日の我が家の夕食は、さびしい食事となりました。

その日を境に、父は予告なしに帰ってきて母に嫌味を言われると、桂子の家に行くからいいと、母の嫌味に勝つことを楽しむように、我が家で夕食をとることが頻繁になりました。

生れた息子を連れて退院して来た日にも、母は取材旅行に出掛けて家に居ませんでした。普通みな、赤ちゃんが生まれると実家に帰るからと、一応は息子を抱いて隣の父母の家に入りました。が、父は赤ん坊を怖がって逃げ出しており、無人の家は何か寒々としていて、長いことそこに居ると、生れたばかりの息子に不幸が訪れるように思えて、我が家へと逃げ帰りました。

母はよく、私の息子を抱きながら、その頃から世間に増えてきた非行少年少女のことを話題にし、「あれは育てた親が悪い、あんたもしっかりしないとこの子もああなるよ。自動車運転免許より子供を産む免許がいる」と言うので、母がその試験を受けたら落ちるに違いないと言ってやろうと思いましたが、あまりに気の毒なので言えませんでした。

母は、上の兄と下の兄が生まれる間に、二度の流産をしました。一度は父の仕事で同行したドイツのホテルで、子宮外妊娠だったそうです。父は外出していたのですが、朝から調子が悪かった母はベッドに寝ていたところ、突然血がほとばしり、母は枕元《まくらもと》の電話で、誰か来てくれと言いました。ドイツ語の出来ない母で、言葉にはなりませんでしたが、彼女の必死のうめき声にホテルの人が駆けつけてくれました。運の良いことにホテルの隣が病院で、事なきを得ました。

母はその時のことを思い出すと、必死で何かを言えば通じるものだと自慢気でした。そして掌《てのひら》を広げ、中指の上から掌を真っ直《まっす》ぐ通っているすじを見せて、「運の良い人はこういう手相をしているのよ。吉田茂さんにもあった」と言います。他にも何人かあげていたのですが、名前は忘れてしまいました。私もそっと自分の掌を広げて見ましたが、他は母とそっくりなのに、真中のすじは見当たりませんでした。でも、現在にいたるまで、母より大した病気もしていませんし、運よく平穏無事に暮しています。

私を妊娠した時、お医者様からもう子供を産むのは無理だと告げられた母は、今度は絶対に女の子だから産むと主張し、私を産んでやったと、恩着せがましい顔で言っていました。なぜ、すでに二人いる男の子の他に女の子が欲しかったのかは謎《なぞ》ですが、自分の老後の面倒を見させる為《ため》だったのかもしれません。それは後年現実となりました。彼女の手相が役に立ったのでしょうか。

私の息子には、小林秀雄さんが名前を付けてくださいました。龍太《りょうた》という名前で、小林さんが神田に住んでいた子供の頃、近所に住んでいた、いつもやさしくしてくれたけれど戦争で亡《な》くなってしまった、お兄ちゃんの名前だそうです。

その名前を聞いた途端、なんといい名前だろうと思い、ビビビと私の体中に電気が走るのを感じました。

小林さんは、自分に男の子が生まれたら龍太と名前を付けようと思っておられたそうです。ところが生まれたのは娘さんで、後年私の次兄と結婚しました。そこに生れた孫は男の子でしたが、小林さんは、白洲という苗字《みようじ》と龍という字が合わないと、凡人には解《わか》らないことを言われ、龍の字が牧山という苗字にぴったりだと、その名が我が息子に転がり込んで来たのです。

「まきやまりょうた」と口に出して言ってみろ、何というい響きだ、「牧山龍太」と書いてみろ、何と美しい字だ、と、小林さんは自分の孫のように喜んで下さり、将来の幸せが約束されたような気になりました。

次郎と小林秀雄

軽井沢の朝

一九五〇年代、私の両親は、戦後になってからは訪れることのなかった軽井沢に、小さな家を持ちました。軽井沢に家のあった方達の多くは戦争中、疎開《そかい》をしておられましたが、早々と鶴川に引越した私どもにはその必要はありませんでした。

理由は解《わか》らないのですが、父も母も「別荘」という言葉を常に避けていました。

家を建てる前の年に、知り合いの持家を一夏拝借した後の決断でした。戦前は、旧軽銀座にほど近い場所にある家に滞在していましたが、非常に湿気が多くて洗濯物が乾かなかったり、下の兄がその家で初めて喘息《ぜんそく》になったこともあり、旧軽よりも湿気の少ない南ケ丘に家をもつことにしたようです。旧軽に滞在していた頃は一、二歳だった私の中にある、前の家についての微《かす》かな記憶は、強い高原の日差しを受けた木々からの木洩《こも》れ日と、何度試してみても登る事の出来なかった、苔《こけ》むした石段でした。今でも時々、どうしても登れないというところで目がさめる、そんな夢にまで出てくる程の苦行であったはずの石段ですが、大人になってその家を訪れた時に見たその石段は、ほんの三十センチ程の高さのものでした。

父は軽井沢が大好きで、七月の初旬から、九月の終わりの秋の色が濃くなるまでをそこで過ごしていました。母も、軽井沢で暮らすと具合が悪くなるとか何とか言いながら、結構楽しんでいる様子でした。当時は今ほど交通の便は良くなく、信越線で三、四時間かかったように記憶しています。

家族が夏の間軽井沢で生活をしている、同じような顔ぶれの御主人たちが、会社の終わった毎週金曜日の夜、上野発軽井沢行の同じ列車に乗り合わせます。そしてこれ又、毎週同じような顔ぶれの奥様方が駅に迎えに来られ、その列車にハズバンド列車という名前までついていました。一九六〇年代のことです。日本を左右する政界や財界の方達の顔も多く見られ、ハズバンド列車の中では、様々な重要な会話がかわされていたに違いありません。父もハズバンド列車のメンバーだったら良かったのにな、とずっと思っていました。それは次のような理由です。

鶴川では田舎家ゆえに家も広く、まったくのマイペースでそれぞれ違う生活時間帯で暮らしている両親が、部屋数の少ない軽井沢の家で二ヶ月余りを過ごすのですから、問題が生じない訳はありません。一人では何も出来ない母は、必ず誰か家事をしてくれる人が必要で、七〇年代になって、それは必然的に、夏休みに入った息子を連れていく私の仕事になりました。

父は、小さな家で、風呂《ふろ》上りなどにパンツ一枚やタオルだけで家の中を歩き回れないのが嫌だと言います。朝の早い父は、前の晩にある程度の支度をしておいた朝食を、一人でとる習慣でした。食べ終わると一人がつまらないらしく、我々の寝室の前を、用もないのに上履きと咳《せき》ばらいの音高く熊《くま》のごとく行き来し、何とか私と息子を起こそうと試みるのでした。娘怖さに、寝室のドアを開けて起きろと言うほどの度胸はありませんでしたが、毎週シーツを替える日と決まっていた月曜日には、大手を振って我々の寝室のドアを開け、寝ている我々のことなどおかまいなしに、シーツや枕《まくら》カバーを剝《は》ぎ取っていくのでした。そしてすべてを洗濯機に放り込み、洗剤を入れてスイッチを押し、後は野となれ山となれです。洗濯機を回すのは、そこまでやらないと、シーツを剝ぎ取るのは我々を起こすためであった、ということがばれてしまうからだったろうと思います。

父に比べ、母は毎朝遅くまで起きて来ませんでした。父は、母の部屋にはシーツこそ剝ぎ取りには行きませんでしたが、ある日の早朝、おそろしい程大きな音がする草刈り機のエンジンをかけ、母の部屋の外の草を刈り始めました。案の定母は激怒し、

軽井沢の別荘外観（上）と、その居間で友人とくつろぐ次郎

窓を開けて何か怒鳴っていましたが、エンジンの音にその声はかき消され、父の元には届きません。しかし不思議な事に、しばらくの後エンジン音がやみました。好奇心にかられた私が母の部屋に行ってみると、眠りを妨げられたはずの母が、得意満面で布団《ふとん》の上に座っています。私がどうしたのかと尋ねると、「いくら怒鳴っても聞こえないのでスリッパをぶつけてやった。見事に命中した」と、大音響に眠りを妨げられたことは忘れて、自分の集中力を誇っているようでした。

このように、朝のスタートから時間の違う両親と生活するのは大変でした。早朝に朝食を済ませた父の後片付けを終える頃になると、母が起きてきます。妙に時間のかかる母の食事の後片付けが終わると、すでに昼食の準備の時間です。昼食を作るのだから、早く朝食を終わらせろと母に言いますと、後片付けは自分でやるからいいと主張します。やらせてみますと、バター入れから取ったバターを、一旦《いったん》皿の上に取ってからパンに付ける習慣のあった母は、自分の皿に残っているバターのことなぞ念頭になく、食器洗いのスポンジでさっと皿の上をなでて、洗ったつもりになっています。軽井沢ではいつ何時来客があるかも知れないので、母は朝から化粧をしていました。そのコーヒーカップには口紅が付き、皿と同じ状況でした。つまり、母が洗って洗い籠《かご》にあげた食器はもう一度洗わなければならず、結局、母の時間のかかる朝食を黙認する以外手はありませんでした。

今日のお昼はサンドイッチにしましょうと、サンドイッチを作ってテーブルに並べ、母を呼びますと、チラッとサンドイッチに目をやり、「私はソーメンでいいの」と、食事を作ったことのない彼女は、平気で自分の食べたいものを主張するのでした。そのくせ昼食の最中に父が帰って来たりすると、「次郎さんは昼食を食べると朝言わなかったから、何もないわよ」と、まるで自分が食事を作っているような意地の悪い顔をして父に言うのです。そのたびに父は、私に助け舟を求める視線を向け、私がまだあるわよと言うと、安堵《あんど》の表情で母に勝ち誇ったような一瞥《いちべつ》をくれ、席につくのでした。

どちらかが一人だけなら問題はないので、父がハズバンド列車で週末だけ軽井沢に来るのだったらいいのにな、と思った次第です。

昼食の片付けが終わると、夕食の準備の時間までが私の自由な時間でした。友人の家を訪問したり、テニスをしたりでしたが、六時に夕食を食べたい父のために、他の人たちがまだテニスやおしゃべりに興じている最中に、帰って来なくてはなりませんでした。

しかし、父も母も亡《な》くなり、軽井沢で自分の思い通りに何かしていたければずっとしていられる現在よりも、少ない時間で遊んでいた当時の方が、楽しさは深かったような気がして、懐《なつ》かしく想《おも》い出します。

軽井沢の夜

夕方になると父は、"Bar is open"と誰に言うでもなく言い、夕方の僅《わず》かに残った外の日射《ひざ》しの中に椅子《いす》を持ち出して、ドライマルティニやジントニックなどを自分で作り、それを飲むのが日課でした。なぜそのような言葉を呟《つぶや》くのか聞きますと、昔三越の社長をなさっていた朝吹常吉氏が、毎日夕方になると呟いておられたのを、真似《まね》してのことだったそうです。

朝吹常吉氏は、公と私を決して混同しない方だったそうです。今のようにオーナードライバーの多くなかった当時は、会社の運転手さん付きの車でゴルフ場に来る会員の方が大多数を占めていました。朝吹常吉氏はそれらの黒塗りの高級車を一台ずつステッキで叩《たた》きながら、「これは社用族だ。けしからん」と大声で言って回り、父のウイリスジープの所に来ると、「うん、これは感心、自分の車だ」と言って下さったそうです。が、たまたまその時、自分のジープが修理中だったため、実は東北電力から借用したジープを使っていた父は、肝が冷えたそうです。又、彼は会社で私信を書くと、社長の帰りを玄関で待っている運転手さんに、三越のすぐそばにあったポストの所まで車で来るように指示し、御自分で私信を投函《とうかん》しにポストの所まで歩いていったそうです。

明治屋の現在の会長の磯野《いその》計一さんから伺った話ですが、明治屋の創業者の磯野計氏が東京大学の学生だった頃、三菱《みつびし》の岩崎氏が東大の学生数人をイギリスに留学させる事になり、磯野氏はその一人に選ばれました。岩崎氏から、帰国後は三菱に入社する事はない、何でもよいから将来の日本のためになることを身につけて来いというお話があり、食に興味のあった磯野氏は、外国の食料品の輸入の道すじをつけて帰国し、現在の明治屋の基礎を築かれたそうです。私も子供の頃、時々母が連れていってくれる明治屋が大好きでした。一歩店内に入ると見たこともないような食料品の数々が並び、まるでおとぎ話の一ページのようでした。母はゴルゴンゾーラが大好きでしばしば買い求め、薄く焼いたトーストの上に乗せ、大戦前の西洋を思い出しているのが、傍目《はため》にも見てとれました。

一時代前の日本人には、偉い人達がたくさんいたものです。

父も母も、軽井沢では屋外で夕食をとるのが好きでした。お天気の良い日は必ずと

秩父宮妃が軽井沢の別荘を訪れた際のスナップ

いってよい程、父か母のどちらかからベランダでの夕食の提案が出ました。そこで、彼等が揃《そろ》って食べたがるのが焼鳥でした。父はそのためにどこからか、プロが使うような焼鳥のコンロまで調達して来ました。準備が面倒な焼鳥は私にとってあまりうれしいものではありませんでしたが、三度に一度は彼等の熱意に応《こた》えざるを得ませんでした。

決行が決まると、父はドライマルティニを片手に、浴衣《ゆかた》がけに尻《しり》っぱしょりで炭を熾《おこ》すのに没頭します。母はと言えば、小さな子供の傍迷惑な台所のお手伝いのごとく、私に付きまとっては鳥を串《くし》にさしたり、お米をといだりと手を出しました。が、あとで、母の見ていない隙《すき》にやり直すことなどしばしばでした。そんな祖母の姿に、小さな孫まで手を出す始末でした。私も機嫌の悪い時は、足手まといになる母に、邪魔だからあっちへ行ってと台所から追い出したりしていましたが、今思うとかわいそうなことをしたたと思います。

準備が整い食事が始まると、二人とも自分の夕食への協力に酔い、通常であれば娘の前で、自分が相手より優れていると張り合う二人が、力を合わせて夕食に漕《こ》ぎ着けたという満足感にひたるのでした。夕闇《ゆうやみ》が迫り、薄暗くなったベランダに焼鳥の炭が赤々と燃える中、二人で、幸せとはこういうものだと何度もくり返して確認し合うのでした。

しかし、そんな幸せな時間は長くは続きません。父が必ずといってよい程、母親と違って料理の出来る娘でよかったと言い出し、それに母が反論し始め、静かな時間は終わりをつげます。私の夫が同席している時は、さすがに二人共遠慮している風に見え、その後半の儀式はとり行われませんでした。夫が何か約束があり出掛ける夕方には、父は早く行け行けと夫を追い立て、それは夫の存在が、二人のレクリエーション(母の言葉を借りると、お遊びとなります)と化していたその儀式の、妨げになるからだったようです。


軽井沢にも、出版社から頻繁に母への電話が掛かってくるようになりました。本来の電話はリビングにあり、時折長時間に及ぶ母の長電話がうるさいと、父はもう一本電話を引きました。

新しい電話は母の寝室兼お勉強部屋（孫たちの言葉です）に引かれました。私も、何か静かに電話で話したいと思うときは、母の留守を狙《ねら》ってその電話を使っていました。

ある日、自分の部屋で仕事をしていたはずの母が、汗びっしょりになってリビングに登場しました。知らないうちに散歩にでも行ったのかしらと思って尋ねますと、三十分も頭から布団《ふとん》を被《かぶ》って息を殺していたというのです。その訳は、初めてガールフレンドが出来た私の息子が、母が万年床に寝ているのに気付かずそっと入って来て、彼女に電話をしはじめたのです。自分の存在に気付かれないように、そして聞いては悪いという気持から、母は布団を被ってじっとしていたというのです。三十分の布団蒸しにも不機嫌な様子はなく、あの子も大きくなったものだと、彼が初めて一歳で軽井沢に登場した時の自分の手柄を思い出し、感慨に耽《ふけ》っていました。

一歳で、初めての長時間のドライブの後軽井沢に到着した息子は、見たこともない家にどうしても入ろうとしませんでした。入口の階段の所に座り込み、テコでも動こうとしません。無理やり抱き上げると火がついたように泣きわめきます。途方に暮れる母子《おやこ》の前に突然母が登場し、おいしいお菓子があるからいらっしゃいと声を掛けると、摩訶《まか》不思議、今まで動かなかった息子がこっくりするとすっと立ち、歩き始めたばかりの覚束《おぼつかな》無い足どりで、スタスタと家の中へ入っていったのです。これが母の「手柄」でした。

母は、夏の間だけの軽井沢暮らしにも、生活様式を変える事はありませんでした。

今まで彼女が使ってみたかった、けれど鶴川の家では合わない、でも軽井沢なら合うという食器や花器を、上田の骨董屋《こっとうや》さんで求めたり、東京から運んだり、あまり母の周囲で見かけることのなかった北欧の品々も食卓に並ぶようになりました。軽井沢の家の庭には色々な野草が自生していて、彼女の花を活《い》けるという欲望を満足させていました。彼女にとって、活けた花の水を替えたり、枯れてしまった花や水を捨てるというのは、花活けとは別の次元のことらしく、いくらやってと言っても「後でね」と言を左右にして、手をつけませんでした。結局それは私の仕事になっていました。

年々軽井沢にも人の波がおしよせ、庭の野草も、根ごと掘り起されて持ち去られてしまうようになってしまいました。毎年、父が植えては次の年にはなくなる、という果てしないいたちごっこが続くことになりました。

留袖《とめそで》

私たち夫婦が慣れない仲人《なこうど》をした時のことです。留袖など持っていない私が母に相談すると、母は、自分の読売文学賞のお祝いに、父の友人たちが作って下さった留袖を箪笥《たんす》から取り出して来ました。受賞したのは昭和三十九年（一九六四）のことですから、二十五年も前のものになります。畳紙《たとうがみ》を広げてみると、長い間日の眼を見なかった留袖は黒い部分の色が褪《あ》せていて、とても着ることのできるような代物《しろもの》ではありませんでした。これは母の死後、染め直そうと試みましたが、黒の部分に刺繡《ししゅう》がたくさんかかっていて不可能とわかり、解いて特装本にしてしまいました。

母の世代の人たちにとっては、貸衣装は落ちぶれた旅役者のように思えるらしく、私が貸衣装の留袖を借りると言っても聞く耳を持ちません。結局母は、「こうげい」時代に私の義姉が、結婚する際に留袖を誂《あつら》えたのを思い出し、それを借りることにしました。当然私は、結婚するときに留袖を作ってくれないからだと嫌味を言いましたが……。しかし今となってみると、留袖を着たのは、後にも先にもこの時一度きりでしたから、母の方が正しかったのかも知れません。

この時母は、突然母親の顔になり、帯や帯留め、長襦袢《ながじゅばん》、草履や扇子にいたるまで、こまごまと揃《そろ》えてくれました。

予行演習のために着てみることにしました。母が一生懸命私に着せてくれようとするのですが、自分が着るのとは手が反対になってしまい、どうしてもうまくいきません。思いあまって、会場のホテルの着付けの方にお願いすることにしました。母は衿《えり》もとや丈など、私に細かい指示を与え、人形の様に突っ立っていては駄目よと、当日私を送り出しました。

一式を風呂敷《ふろしき》に収め、ホテルの着付け室に向いました。既に着付け室には親族の方たちの留袖が衣紋《えもん》掛けに掛けられ、付属品がその下に並べられて出番を待っていました。それらを見て私は、母の揃えてくれた物と何かが違うなと感じました。着付けの人は、私の風呂敷包みを開け、母の用意してくれた品々を広げ始めたとたん顔色を変え、御媒酌人の方ですかと私に質問しました。彼女は、母の揃えてくれた品々を一つずつ取りあげ、御媒酌人はこれではいけないと言い始めたのです。私はその時、狼狽《ろうばい》しても当然だったのですが、妙に冷静で、フン何を言ってやがる、と心は動きませんでした。着付けが始まると、母の危惧《きぐ》したように、母のやり方とは違うことが次々と起り、私は母の指示を押し通すのに没頭し、着付けの方にはさぞ迷惑なことだったと思います。

御親族の中に、さる有名呉服店の、母のことを御存知の奥様がおられ、私の出立《いでた》ちを一目見て、「さすがお母様のお好み、今時こんなお仕度は見ることが出来ません」とおっしゃって下さいました。母の時代には当り前で、今はもう作ることの出来なくなった品々が、今の時代の着付けの人の目には奇異に映ったのでしょう。

家に帰って母にことの次第を報告すると、母の顔に満足と安堵《あんど》の表情がよぎりました。

正子と著者　牧山家のベランダで　昭和53年

身だしなみ

父も母も身なりには小うるさいところがありました。父は、一緒に出掛ける際などには私を上から下までジロジロ見て、やれネックレスをつけろ、髪の毛が変だ、化粧がおかしいなどと口を出しました。現代でもそうですが、若者のファッションには大人の理解出来ない所があり、我が家でも御多分にもれず、それが親娘《おやこ》の争点となっていました。今の流行を理解しないババァやジジィがなにを言うかというのが私の言い分でしたが、流行は解《わか》っているが、いつの時代にも変なものは変だ、良い物はいつの時代にでも通用するものだというのが彼等の言い分でした。

確かに母は、若者の間で流行し始めた物に敏感で、古くはスニーカーやスウェットパンツなどに、すぐに飛びつきました。八十歳を過ぎた彼女の最後のトライは、若者たちが肩に引っかけているリュックでした。ババァが楽だからと言って使っているようには見せたくなく、ファッションとして使いたいという彼女の気持が、手に取るようにわかりました。あちこちの店を探し歩いていたようですが、ある日、ルイ・ヴィトンでお目当てのリュックを見つけて、意気揚々と買って来ました。それを持って二、三度外出した後、やっぱり八十歳には無理だわと、何がお気に召さなかったのか、私に放り投げてよこしました。彼女の八十歳での最後のトライは成功しなかったようです。

父は、自分と一緒にいる女が薄汚いのが我慢出来ないらしく、もっと口紅をつけろとかビラビラした洋服を着るなとか、母とは違う意味で口うるさい所がありました。出掛ける直前になって、この前のあれの方がよいなどと言って、私に着がえさせる事も度々ありました。

私が結婚してからも、父は時々お小遣いをくれましたが、決って数日の後、あの金で何を買ったと聞くのが常でした。洋服やハンドバッグなどを買ったと言うと、見せてみろと、満面の笑みでのたまうのでした。ある時、歯医者さんに払ったと言いますと、そんなことの為《ため》にお小遣いをやったのではない、歯医者など亭主の銭で払えと激怒するのでした。以後、父から貰《もら》ったお小遣いが生活費に消えても、黙っていることにしました。

私がロンドンのロビンおじの家に何日か滞在していた時のこと、父の英国人の友人が、私がロンドンにいるというのをどこからか聞きつけて、夕食に招待してくれました。スノッブな人たちの嫌いなロビンおじは、まあ、ああいう人たちを見るのも経験の一つだろうと、渋い顔をしていました。

ロビンおじ夫人のクレアおばさんは、日本から来た女の子がああいう家に招《よ》ばれて恥をかいてはいけないと、当日の朝、私のトランクを開けて中の洋服や靴などすべてをベッドの上に並べ、品定めを始めました。何しろ、女性が無帽でズボンをはいていると、ホテルのティールームでお茶を飲むのを断わられた時代です。その結果、洋服はどうやらパスしたのですが、靴やハンドバッグ、コートはクレアおばさんの意向に添うものではありませんでした。彼女は私を伴って買物に出掛け、母親のように色々と買い揃《そろ》えてくれました。しかしコートだけは彼女の思う物がどうしてもなく、何やらブツブツ呟《つぶや》いていましたが、家に帰るとどこかへ電話をかけていました。

しばらくして、お相撲さんのように大きい女の人がやって来ました。クレアおばさんは自分のクローゼットから黒いコートを取り出して私に着せました。彼女はバレーボールの選手かモデルかという程背が高く又痩《や》せていて、私がそのコートを着ると、まるで幼稚園の女の子がお母さんのコートを着てみたのと同じような姿になりました。

お相撲さんのようなおばさんは洋服を直す人らしく、手早くコートにピンを打って持ち帰り、なんと夕方私が出掛ける前に、寸法を直して届けてきました。

どうやら仕度のできた私は、招待された家へと向いました。到着してみると既に数人の人々が来ていましたが、男の人はスモーキング、女の人はいかにも夜のドレスといった風な装《よそお》いでした。その家には私と同年代の娘がいましたが、ふと見ると彼女だけは普段着のセーターとスカートでしたので、私は内心、「なんだ、普段着でよかったんじゃないか」と思いました。が、後日母にその話をすると、母は、たぶん彼女は日本から来た女の子が、夜着る洋服を持って来ていないのではないかと思い、私に恥をかかせないために普段着でいたのではないかと推測しました。私は、もしそうだったとしたら、自分の頭の中にまったく存在しない考えというものが世間にはあるものだと、非常に心に残ったのを覚えています。

父とのイギリス

私は二度、父と二人でイギリスなどヨーロッパに旅行したことがあります。一九六〇年代、私の二十代の初めと終わりの頃でした。当時は、女の人が妙に不似合な派手な帽子を被《かぶ》っていると、一目で新婚旅行だと、回りの人にわかったものです。父と外国旅行に行くと決ったとき、彼が発した第一声は、「変な帽子を被るな」というものでした。

飛行機も今よりずっと小さく、ロンドンまで二度の給油を含め十七時間もかかり、飛行機の中で浴衣《ゆかた》に着がえる乗客の方などもいらっしゃいました。最初の給油地であるアラスカのアンカレッジは一面氷と雪に被《おお》われ、照明も暗く地の果てのような雰囲気でしたが、心細そうにしている私と違って父は、自分たちの若い頃に比べたら何とイギリスは近くなったものだと、嬉《うれ》しそうでした。

ロンドン空港に着いたのは早朝でしたが、ロビンおじが出迎えてくれました。二人は久し振りの再会に、ちょっと照れながら子供のように手を取り合い、楽しそうでした。

ロビンおじの家は道を挟んでテームズ河に面していて、門から玄関までの間に車をとめる広いスペースがあり、三人家族なのに何故《なぜ》こんなにたくさん車があるのだろうというくらい、何台もの自動車がとまっていました。ロールスロイス、ジャガー、MGにミニクーパーも二、三台といったぐあいです。家の裏庭には、色々な野菜や花などが植えられていました。

朝の九時頃になると、ジェームスというおじいさんが、セーラーという犬と、もう一人太ったおばさんと、出勤して来ます。ジェームスはセーラーと共に裏庭の手入れなどしていましたが、それが終ると運転手さんの姿になりました。クレアおばさんが買物に行く時は、いつもはロールスロイスを運転しているジェームスが、運転手さんの制服制帽で、ミニクーパーの助手席に彼女を乗せて運転していくのです。小さなミニクーパーに制服制帽の運転手と彼女が並んで座っているのは、可愛《かわい》らしい光景でした。気を付けて見ていると、ロンドンの市中ではそれと同じような光景を、一つの流行のようにチラホラと目にしました。車で混んでいる市中では大きな車であちこち買物して回るより、ミニクーパーのように小さな車の方が合理的だ、という考え方に感心したものです。

セーラーは雑種の中型犬で、働いているジェームスの後を黙って付いて歩く、やさしい目をした物静かな犬でした。もともとはロビンおじの家の犬だったそうですが、自然にジェームスの犬になってしまったそうです。

太ったおばさんはお料理の係らしく、ブルーのワンピース、白いエプロン、白い靴に身を固め、台所の壁にはりつけてある色々な予定を見ながら、買物のリストを作り、粉や肉などの下準備をします。明るい陽気な人で、私にもニコニコ笑いながら色々と話しかけてくれるのですが、何を言っているのか一言も理解出来ませんでした。最近テレビを見ていて、サッカーのベッカム選手が喋《しゃべ》っているのを聞き、どこかで聞いたことのある英語だなと思い記憶を辿《たど》ると、あの太ったおばさんの英語と同じでした。

痩せたおばさんもいて、お掃除の係らしく、同じくブルーのワンピース、白いエプロン、白い靴に身を固め、戸棚から箒《ほうき》やバケツやブラシなどの掃除道具を出して掃除を始めます。電気掃除機がないのを不思議に思いましたが、聞いてみると、ただ必要ない、という言葉が返って来るだけでした。

父は彼等が登場して来ると、何やらロビンおじと相談していましたが、財布を取り出して、一人一人にお世話になる御礼といくらかの心付けを渡していました。

ロビンおじの家は四階建てで、一階に玄関ホール、台所、小居間と食堂があり、二階は大居間とクレアおばさんの部屋、三階は客用の大寝室が二つと小部屋が二つ、四階はロビンおじの部屋でした。ロビンおじの部屋は一部屋が独立したアパートのようで、台所からバスルームまでありました。朝食は基本的に各自勝手にとる事になっているらしく、朝ロビンおじの部屋に行くと、父が贈った浴衣を着て、片手にシャンペンをぶらさげた彼が、いたずらっぽく、“How about morning tea?”と言って、紅茶を淹《い》れたり、冷蔵庫から色々と取り出して朝食を食べさせてくれました。

　夕食は、太ったおばさんが、食堂の、下の引き出しがカトラリー入れになっている棚の上にお料理を並べ、姿を消します。サービスするのは家長の役割そして紳士のたしなみらしく、ロビンおじが、こちらを向いて会話をしながら、鳥などの肉を器用に切り分け野菜を盛りつけて、各自の前に並べます。何か足りないものがあったときや、一皿が終ったときは、テーブルの下についているベルを押すと、台所から太ったおばさんが登場し、食べ終ったお皿を下げたり、次のお料理を運んで来ます。

　ある日、留守だったロビンおじの席に父が座ったので不思議に思って見ていますと、驚いたことに父が、家では見たことがないお料理の取り分けを見事にやってのけたのです。父はロンドンに着くとコロッとイギリス人になり変るらしく、飛行機を降りた途端、決して私の前を歩かなくなり、ドアを開けてくれるわ、椅子《いす》を引いてくれるわ、エレベーターに先にのせてくれるわ、のレディーファーストに変身するのでした。そして又日本に到着した途端に、日本人の男になり変るのでした。

後で父に聞いたのですが、お料理の取り分けをする時は、それに集中しているように見えては落第で、いかにも何でもないという風に会話をしながらやる、というのが大事だそうです。パイプや葉巻を吸うのも同じことで、いかにも一生懸命火をつけているのは無粋だそうです。葉巻に付いているブランド名の書いてある帯も、見せびらかしているようにつけたままにしているのは、同じく駄目だそうです。葉巻の帯は、子供の頃、父が新しい葉巻を箱から取り出すのを待ち構えていて、指輪に見立ててよく遊んだものです。

ロビンおじの食堂の壁には、淡い色調の雲がたなびいているような壁画が描かれていましたが、所々まだデッサンの部分が残っていて、完成はしていないようでした。ココシュカという有名な画家が描いているという話でしたが、私には初めて耳にする名前です。でもロビンおじたちの、当然誰でも知っているという話ぶりに、どういう画家か質問するのが恥ずかしく、日本人特有の曖昧《あいまい》な薄笑いを浮かべて父の顔を盗み見すると、どうも彼も知らない様子でした。日本に帰ってから母に聞きますと、ヨーロッパでは非常に有名な画家だが、どういう訳か日本ではあまり好まれない、とのことでした。

夕食が終るころには、二階のリビングにコーヒーと食後酒の仕度がしてあり、テレビを見たりお酒を飲んだり、寝るまでの楽しい一時を過ごすのでした。リビングにはグランドピアノがあり、メニューヒン（さすがにこの名前は知っていました）が、ロンドン公演の際にはこの家に滞在したそうです。彼が公演のリハーサルをするのを聞きながら昼寝をするのは気分がいいものだ、という夢のような話をロビンおじから聞き、どんなに気分がよいだろうと羨《うらや》ましく思いました。

土曜日、日曜日は基本的にジェームスやおばさん達は休みで、外で会食をするのが慣例でした。近所のパブやレストランに行ったり、ちょっと遠出をしてロンドン郊外にも出掛けました。近所にはロビンおじ行きつけのパブがあり、太った人の良さそうな主人とおかみさんはロビンおじの顔を見ると、"Good evening, my Lord" と挨拶《あいさつ》し、お決まりの銘柄のビールを出し、これも又お決まりらしい、大きな豚の腿《もも》一本で作ったハムを取り出して切り始めるのでした。

ある日曜日、父やロビンおじがケンブリッジで一緒に過ごし、今はそこの教授になっている彼等の学友を訪ねることになりました。ケンブリッジのクレアカレッジには芝が植えてあり、通路ではなく真一文字に芝生を横切って、教授の部屋に向かいました。私も彼等の後をついて行こうとすると、父は、私は芝生の上を歩いてはいけないと言うのです。芝生の上は卒業生だけが歩いて良い権利があり、彼等が在学中も、時折芝生の上を横切る卒業生を羨ましく眺めたそうです。なるほど在校生何人かが、昔父たちがそうしたであろうように、羨望《せんぼう》の視線を、彼等に投げかけていました。

教授の部屋に入ると、ロビンおじと同じような物静かな人が、父とは何十年振りの再会にもかかわらず、先週も会ったような態度で握手を交して話し始めたのには、ちょっと驚きました。父に尋ねると、イギリス人とはそういう人たちで、父が昔、ロンドンでメンバーだったクラブに戦後初めて行った時も、バーには同じバーテンさんが居て、しばらく振りで訪れた父を見て、昨日も来たというような同じ態度で顔色を変えず“Good evening, Mr. Shirasu”と言い、父が以前愛飲していたウィスキーを、これまた以前と同じグラスに注いで差し出したということです。

しばしのケンブリッジの町や小川のほとりなどの散歩の後、ロビンおじと教授の母校であるイートン校の、これ又彼等が在校していた当時からあるレストランに、お昼を食べに出掛けました。イートンは見渡す限り、冬にもかかわらず緑の芝生のラグビー・グラウンドが広がっていました。レストランはそのグラウンドが見える所にあり、色々な果物を肉のつけ合わせにしたのが名物料理らしく、どのテーブルの人達もそれを注文していました。その日は日曜日だった事もあって、全寮制の学校にいる子供たちと昼食をとる家族たちで、すべてのテーブルが埋まっていました。子供たちが、イートンの何やら裁判官のような制服を着て、家族と粛々と会話を交わしながら食事をとっている光景は、彼らの大人になる訓練がすでに終りに近づいているように見えました。

ある夕方、お風呂《ふろ》に入っていた父が爪切《つめき》りを買って来いというので、近所の薬屋に買いに行きました。薬屋の扉をあけると初老の主人がいました。何種類かの爪切りを取り出しながら、何人かと尋ねるので日本人だと答えますと、一瞬彼の顔に暗い翳《かげ》が横切りました。そして私に語りかけるでもなく、家族が日本との戦争で死んだ、日本軍を恨んでいる。でもそれは君達若い者のあずかり知らないことだ、そういう考えは捨てねば、と呟《つぶや》きました。まだ若かった私ですが、今でも心に鮮烈に残っている出来事です。

ある朝、新聞を読んでいた父が、突然大変だ大変だと騒ぎ出しました。病気の名前は忘れてしまったのですが、何か伝染病がロンドンで発生したという記事を発見したらしいのです。

父はロビンおじに、予防注射をしに行こうと言い出し、ロビンおじは、またジローの駄々っ児《こ》が始まった、しょーがないといった表情で、自分の掛り付けのお医者さんに父と私を伴いました。お医者さんといっても表札にただドクター何とかと書いてあるだけで、普通の家と変わらぬ佇《たたず》まいでした。玄関を入ると左手のドアが診察室で、しばらくするとお医者さんが現れましたが、白衣を着ている訳ではなく、普通の背広姿で何と犬まで背後に従えていました。その犬はコッカスパニエルのような犬で、我々が予防注射をされているのをじっと見上げていました。我々の注射が済むと、父はロビンおじに、次はお前の番だと言いましたが、ロビンおじは笑ってあほらしいといった表情で受け流し、注射をする気は毛頭ないようでした。

ロビンおじ

ロビンおじは、何をして暮らしが成り立っているのだろうと思うほど、どこにも出掛けずに毎日を過ごしていました。父は何か用事があるらしく、毎日ロンドン市内に昼夜を問わずちょこちょこと出掛けていましたが、父の留守の間にロビンおじは、私を色々な所に連れていってくれました。昼間はモーターショーやドッグショー、植物園のキュー・ガーデンや種々の展覧会、夜はマーゴット・フォンテーンのバレエやミュージカルなどで、後には必ず楽しいお食事つきでした。

運転手のジェームスはクレアおばさんの用事で手一杯らしく、ロビンおじは常にジャガーの助手席に私を乗せ、自分で運転してどこへでも出掛けていましたが、不思議なことにどこへ行っても、どこからともなく人が現れて、ロビンおじの車を預かり、帰る時も又どこからともなく車を運転して現れるのでした。どういうシステムになっているのか私が尋ねると、ロビンおじは笑って教えてくれませんでした。

ある日、秋も深まりどんよりと曇って今にも雪が降り出しそうな空と、既に木枯らしを感じさせる冷たい風がテームズ河を波立たせているお昼時に、パブでの昼食を済ませ、ロビンおじと父と私の三人でテームズ河沿いの道を歩いていた時のことです。ロビンおじが、波立つテームズ河を眺めながらポツリと、"Winter is coming, like our lives.（冬がやって来る、我々の人生のように）"と言いました。そして、その言葉を聞いた父と二人、長い間無言で、二人で過ごした時を振り返っている様子でした。

ロビンおじは、一九六〇年代の末に、一度だけ日本に来たことがあります。父は彼の到着の日を手帳に記し、指折り数えて楽しみに待っていました。二人は小学生の修学旅行のように、日本中あちこち旅行して回っていました。

東京に戻って来ると、ロビンおじはホテルに滞在していましたが、ある朝電話をしてみた母が、何だか淋《さび》しそうにしていると心配し、すぐ我が家によびよせました。案の定ロビンおじは東京のホテルで居心地が悪かったらしく、我が家では父の浴衣《ゆかた》を着、畳の上の布団《ふとん》に寝、今まで彼が食べたこともない日本食を食べて、満足そうにしていました。ロビンおじの言うところによると、彼の肩にはオスカーという妖精《ようせい》が（時々留守にするらしいのですが）常に座っていて、色々なことを教えてくれるのだそうです。そのオスカーの言うには、ロビンおじと父は、前世にイランの海で一緒に溺《おぼ》れ死

親友ロビンとブガッティに乗る次郎　大正15年

昭和54年、次郎最後のロンドン旅行　ロビンと会うのもこれが最後となった

んだそうです。彼がそう言うと何だか妙に説得力があり、なんの疑いも持たず「へぇーそうなんだ」と信じたものです。時々「今オスカーはいる？」とか、「どこに行っているの？」とか質問したものです。そのたびにロビンおじは、今ロンドンにいるとか北極だとか、今は肩に座っていて、お前のおやじは飲み過ぎだと言っているとか、答えてくれました。

　ロビンおじがロンドンに帰る日には、父は自分の運転するポルシェの助手席に彼を乗せ、一人で空港まで送って行きました。

　昭和五十四年（一九七九）、父のロンドンへの最後の訪問が、父とロビンおじとの最後の再会となりました。父は、たまたまロンドンに出張だった私の夫と二人で旅立って行きました。出かける何日も前から、これがおれの最後のロンドン行きだと何度も繰り返し言い、母にうるさがられていました。既にロンドンを引き払って田舎に引っ込んでいたロビンおじが、ロンドンに出て来て一日を共に過ごした後、父と夫はロビンおじをタクシーで駅まで送っていきました。父とロビンおじは後部座席に並んで座り、ヴィクトリアステーションに着くと、ロビンおじは黙ってタクシーを降り、振り返ることもなく駅の中に消えていったそうです。夫は二人の様子を見て、これが二人の最後の別れになるだろうと直感的に思ったそうです。

彼の直感のとおり、ロビンおじと父との永遠の別れの日は、五年後のある日の夕方、突然やって来ました。ロンドンのロビンおじの次男のジュリアンから私の兄に電話があり、ロビンおじの逝去を伝えて来ました。兄は父に電話をしてそれを伝えてから私にも電話をかけて来て、父がそれを聞いて駄目になっているからすぐ行ってやってくれと言います。父のところに行きますと、薄暗い部屋に電気もつけず、ロビンおじから贈られたウィスキーのコップを片手に、じっと座っていました。私の顔を見ると父は一言、「ロビンの馬鹿《ばか》野郎、死にやがって」と言い、ウィスキーを呷《あお》り、自分の部屋に引きあげていってしまいました。恥ずかしがりやの彼は、娘に涙を見せたくなかったのでしょう。

その意気消沈した大きな後姿を見て、私も父との別れが迫って来ているのを感じました。

次郎の死

昭和六十年（一九八五）十一月のある晴れた日、突然父が母に、軽井沢に行こうと持ち掛けました。いつもならまず私を誘うのに、珍しい事もあったもんだ、どうせ嫌なこったとばかり断られるに決まっているのにと思って見ておりますと、驚いたことに母は嬉《うれ》しそうに、秋の軽井沢は紅葉できれいだから行こう行こうと同意しました。軽井沢の家は夏用で、もう十一月になると寒くて使えないので、ホテルに泊ることになりました。例のごとく母は、二、三日の旅行には多すぎる仕度をし、いつもならそれに文句を言う父も、黙ってその荷物を受け入れました。

八十歳をとうに過ぎていた父は、その頃チラホラと新聞を賑《にぎ》わすようになっていた、運転中の突然の体の異変が原因の交通事故の記事に感化されて、自分で運転するのをすでに放棄していました。

父はいつものように、迎えに来た運転手さんの車の助手席に陣取り、母は後部座席に座って、楽しそうに出発していきました。その車の後姿を見送りながら、帰って来た後、二人それぞれのお互いに対する苦情を、また私が引き受けることになるだろう、と思いました。しかしその危惧《きぐ》は当たらず、帰って来た二人は、楽しかったと口々に繰り返すのでした。父はそれに味をしめたのか、今度は京都に行こうと言い出しました。よほど軽井沢行きがスムーズにいったのか母にも異存はなく、同じように多過ぎる荷物と共に、また車で出掛けていきました。

四、五日して帰って来た二人はまた上機嫌で、父は、たまたま同じ日にイタリア出張から帰ってきた私の夫に頼んだお土産のスリッパを履き、水割りのコップを片手に、京都での出来事をあれこれと話してくれました。

その中でも彼が一番びっくりしたと言っていたのは、神戸花隈《はなくま》の「中現長《なかげんちょう》」という鰻屋《うなぎや》さんのおかみさんの話でした。父はかねがね私に、子供の時にとても可愛《かわい》がってくれたそのおかみさんの話をしていました。時々彼女の店を訪ねると、必ず五十銭の銀貨をおこづかいとしてくれたそうです。当時の五十銭は子供にとっては大金で、おいしい鰻と共に本当に楽しみにしていたそうです。母と食事に行った嵐山《あらしやま》の「吉兆」で父が偶然その話をすると、主人の徳岡さんが、そのおかみさんは大阪の「吉兆」の主人の母上だったと、びっくりされたそうです。後に父が亡《な》くなった直後、鶴川の家にお悔やみに来て下さった徳岡さんは、母と二人で本当に不思議だと、何度も繰り返し語り合っていました。

その話をしている最中に母がふと席を立ちますと、父は「お前のおふくろには内緒だけれど、もう一人思い出した女の人がいる。神戸一中時代に、宝塚に十歳位年上のガールフレンドがいて、顔ははっきり思い出したけれど、どうしても名前が思い出せない。もう九十何歳だから死んだかなー」と、一生懸命名前を思い出そうとしているようでした。

伊賀《いが》の陶芸家、福森雅武さんの所では、あらかじめ福森さんが素焼きしておいて下さった湯呑《ゆの》み茶碗《ぢゃわん》に色々な人たちの名前を書いて来て、焼き上って来るのを楽しみにしておりましたが、父が自分の目でそれらを見ることはありませんでした。

翌日の午後母から電話がかかって来て、父が背中を摩《さす》ってくれとのべつまくなしに言う、と言うのです。私は、たまには亭主孝行してやればと、ほうっておきました。夕方になり、いつもの「いっぱいやっか」という電話が父からかかって来ないので、様子を見に行きますと、ベッドに寝てテレビのお相撲を見ていました。丁度千秋楽で、千代の富士が優勝をかけて最後の一番を取り終わったところでした。それを見ていた父はポツリと、「相撲も千秋楽。おれも千秋楽」と言いました。それが、父から私が聞いた最後の言葉です。

母は、何だか父の具合が悪いので、今夜東京の家に行って明朝お医者さんに行くことにして、運転手さんを電話で呼んだと言います。私がいったん家に帰ってからまた様子を見に行きますと、父は洋服を着がえ、長椅子《ながいす》に丸くなって横になっていました。その父に、声をかけるのが何だか億劫《おっくう》で、そっとその場を立ち去りましたが、後日、あの時何か言ってあげればよかったとちょっと後悔しました。

翌日、いつも診ていただいている病院の先生がお留守で、違う病院に行ったところ、入院することになったと、母から電話がありました。病院の玄関からは、自分で歩いて入っていったそうです。

次の日私がその病院に行ってみると、父はベッドに横たわり、昏々《こんこん》と眠っていました。母の言うには快復には長くかかるとのことで、短気な父がどんなに焦《じ》れて機嫌が悪くなるだろうかと思うと、暗い気持になりました。

その次の朝母からまた電話があり、鶴川の家の船簞笥《だんす》の引き出しに入っている父の遺言状を持ってこいと言うのです。

ある晩知人の葬儀から帰って来た父が、夕食の間じゅう、葬式なんぞくだらん、訳も解《わか》らず生前付き合いもなかったような奴《やつ》がゾロゾロ来る、俺が死んだら葬式はまかりならんと、何度も何度も、余程腹に据えかねたのか、繰り返し言い始めました。それがうるさかったのか、母が「そんなら書いとかなきゃ駄目よ次郎さん」と言い、あっという間に硯《すずり》と墨を取り出して墨をすり、父の前に紙を広げて筆に墨を含ませ、父に握らせました。父は即座に「葬式無用　戒名不用」と書き、そのあとに我々の名前を書きました。一杯機嫌だったせいでしょうか、私の桂子という名前の上に草冠がついていました。母は墨が乾くやいなや、畳んで封筒に納め、封筒に遺言と書かせ、どこかへもっていってしまいました。その間、三十分程の出来事でした。その時に船箪笥の引き出しに仕舞ったのでしょう。

その遺言状を持って行った病院での父は、前の日の昏々と眠っている姿ではなく、人工呼吸器を取り付けられて、あたかも一つの物体と化していました。そしてお医者様がご臨終ですと言い、人工呼吸器が外されました。母が片手で拝んでいたのと、病院の窓から見えるすぐそばの高速道路を、引っ切り無しに通過する自動車が見えて、人の死に関係なく世の中は動いていくのだなと思ったのが、印象に残っています。

鶴川の家に帰ると、夫のイタリア土産で一晩だけ父が履いたスリッパに、既に父の足の指の跡がうっすらとつき、スリッパが父の物だという表情を見せていました。父の死にあたってそのようなことしか思わない自分が不思議でしたが、多分父はずっと、

昭和56年、信州下諏訪、「みなとや旅館」前で
（撮影・小口惣三郎）

私がそんな風に思うように教えてきたのだと思います。

父の想《おも》いとは裏腹に、たくさんの方々が翌日弔問に訪れて下さいました。その後も長い月日に渡って弔問客があり、母は自分が書けと言った遺言状のことはケロリと忘れて、葬式さえしておけばこんなことはなかった、と言っていました。

焼場には行かなかった母は、帰ってきた白い磁器の骨壺《こつつぼ》を見て顔色を変えました。自分の骨壺はこれではまっぴらごめんだと、それを機会に自分の骨壺をあれこれ探し始めました。骨壺の入る箱にかかっていた布もお気に召さず、白い絹の布を調達してきて、私に縁を絎《く》けさせて骨壺を包んでいました。また母は、骨壺から骨を少し取り出して、鶴川の家の五輪の塔の下に埋めたがりましたが、多分法律違反でもあるのでしょうし、父が亡《な》くなって鶴川の家もどうなるか見当もつかなかったので、それは諦《あきら》めさせました。

次に母は、白洲家ゆかりの地、兵庫県三田《さんだ》市での墓づくりに取りかかりました。あだこうだの末、自分の分も一緒に作らせて、広い墓場に桜の木を植えてもらい、自分のお墓に頰杖《ほおづえ》をついた写真を取ってもらい、悦に入っていました。

正子の死

父が亡くなり、八十歳を過ぎた頃から、母は時々自分の死について口にするようになりました。死ぬ時は痛いのかしらとか、自分の知っていた人々や歴史上の人物の死に方を、ああいうのは嫌だとか、あれは羨《うらや》ましいとか、来たるべき日を、色々と頭の中に描いているようでした。といって家族の手前、今まで自分が作り上げて皆に言って来た考え方とあまりに違うことは、思っていても口には出来ないとしている所が見てとれました。死に方の中で一番お気に召していたのは自分の父親の死に方で、彼は死の二、三日前から、星空がきれいだと何度も繰り返し、正に自分の家で、眠るように死んでいったそうです。

ある朝は、昨晩は死ぬと思って遺言を書いたと言って、枕元《まくらもと》のカレンダーを引きちぎって書いたものを見せてくれました。父の遺言とは大違いで、どこの骨董屋《こっとうや》さんにいくら借りているとか、あれは借りている品だから返してくれとか、ひどく現実的なことが書いてあり、世にいう死の直前の遺言とはかけ離れた代物《しろもの》でした。

元来母は大袈裟《おおげさ》なところがあり、具合が悪いといっても嘘《うそ》か真《まこと》かわからない時がしばしばでした。そんな風にしていると、いざという時に狼《おおかみ》少年になるよと言っても、自分の中では真実らしく、真面目《まじめ》な表情で本当に具合が悪いと主張するのでした。

時々、私が心の中で「お楽しみ入院」と呼んでいた入院がありました。友人に紹介されて母が診て頂いていた病院は大病院とは違う家族的な所で、母のお気に入りでした。勿論《もちろん》お楽しみ入院ではなく本当の病気の事もあったとは思います。入院すると色々な方がお見舞に来て下さり、楽しいようでした。九段の器の店「花田」の松井さんには母の「入院セット」なる品々を預かって頂いており、お茶の急須《きゅうす》や洗面用具などすべて揃《そろ》っていて、母は入院すると決まるとすぐに、松井さんにそれを病院に届けてもらうのが常でした。その上病院の食事にほとんど手をつけずに、あれが食べたいこれが食べたいと、「給食係」の松井さんに注文をつけていました。ある時は病室で鍋《なべ》を囲み、病院からきついお叱《しか》りを受けたようです。又ある時は病院から抜け出して夜の食事に行き、十時にすべての出入口が閉まる病院から閉め出され、これも大目玉を食らったようです。

「お楽しみ入院」から帰って来ると、季節によって日一日と表情を変える鶴川の家の周辺を、しばらく眺めているのが常でした。

長年にわたる、(それが無意識だったと信じたいのですが) 娘よりも自分はすべてに勝れているという、私と常に張り合う気持ちは薄れてきたようで、老いた母親が娘を頼るという、世間並の母娘《おやこ》となってきました。それと共に、十年程もしないと花が咲かない苗木や、便利になるであろう家の改築などは、自分の余命を考えていらない、やらないと言うようになりました。年齢を重ねると、若い時には現実に感じることの出来なかった死というものを、物欲の王者であった母のような人間でも自然に受け入れるようになれるものだと、不思議に思いました。自分に置きかえてみますと、そういう気持の種のようなものが、すでに今、私の心の中に芽生えているのを感じます。

亡くなる前年、母は最後の京都行きとなった旅行に、何人かの方達と出掛けて行きました。帰って来た母は、いつもの京都行きでしたら、丸弥太《まるやた》さんであれを注文して来たとか、柳さんにこういう物があったとか、あそこで何を食べただとか、立て続けに話すのが常でしたが、何があったのか話そうともしませんでした。憔悴《しょうすい》しきってお り、声をかけるのも憚《はばか》られるほどでした。その日を境に、段々と「お楽しみ入院」と本当の入院との割合が逆転して来ました。朝起きても朝食後はすぐにベッドに戻り、食事をする他は一日中寝ていることも多くなって来ました。遂《つい》には食事もベッドでするようになり、出掛ける時は車椅子《いす》に乗りたがり、人間は楽な方に流れるというのをまのあたりにしました。

そんな中、多田富雄先生が母の許《もと》を訪れて下さいました。今までの母の大袈裟の数々を、どうしても頭の中から拭《ぬぐ》うことが出来ない私が、母の毎日をお話ししますと、多田先生は、老人の寝たきりの始まりは、まず朝、身なりを整えないことに端を発すると仰《おっ》しゃいます。私は我が意を得たりと、毎朝、母に着がえるようにと口をすっぱくして言い続けました。すると三、四日は続くのですが元の木阿弥《もくあみ》で、又ベッドの生活にもどっていってしまいます。私が「駄目じゃないの」と着がえを促すと、彼女は、年を取るということが、すでに年を取るという病名のついた病気だと、変な理屈をつけてベッドにしがみつくのです。

ある日のこと、母は珍しく朝きっちりと身なりを整え、朝食を食べていました。私の顔を見るなりうれしそうに、夕べ久し振りに欲しい骨董があったと言うので、出掛けた形跡もないのに不思議なこともあるものだ、夢でも見たか、いよいよ痴呆《ちほう》かしらと、内心ギョッとしました。しかし色々と聞いてみると、夜遅く昔なじみの骨董屋さんから電話があってこういう品があるという話を聞き、一目ならぬ一声で気に入ったそうです。実際にその品を愛《め》でて来たように、微にいり細にわたり語るのです。そしてこれが私の最後の買物だと、ポツリと言いました。いよいよその品が手許に届くと、彼女の頭に描いていたものとぴったり一致していたようで、まるで長年会わなかった旧友に再会したかのように喜び、長い間何度も何度も両手で撫《な》で回していました。

本当に嬉《うれ》しい様子で、起きている時も寝る時も、まるで小さな子供がお気に入りの熊《くま》や毛布を手離さないように手許に置き、日に何度となく箱から取り出して眺め、摩《さす》っていました。

その品を手に入れてから母は、自分の大事にしている何点かの焼物を風呂敷《ふろしき》包みに一まとめにし、入院する時は私にそれを預け、我が家に持って帰って私の枕元に置いてくれと頼むようになりました。帰って来た母を私が出迎えると、その風呂敷包みの存在を目で探しているのが見て取れました。中には酒器などが色々入っていて、その風呂敷包みのおあずかりは私にとっても結構楽しいものでした。手許にある間にちょいちょい出して、お酒など飲んだものです。

ある夜母はお手洗いに行こうとして転び、腰を打ったらしく、骨折している様子ではないのですが痛い痛いと言い続け、ベッドから出なくなりました。そんなに痛いなら一度病院で診て頂いたらということになり、出掛けて行きました。病院では孫の一人が待機していて、病院のベッドに落ち着いた彼女はサンドイッチを食べたいと孫に言い、美味《おい》しそうに食べたそうです。あまりに母が痛がるので、お医者様は痛み止めの注射をして下さいました。その後母は深い眠りに落ち、二度と目覚める事はありませんでした。

数日間眠り続ける母を見ていて、漠然と私も、もう目覚めることはないだろうと直感的に思いました。お医者様にいつ頃でしょうかとおうかがいをたてるのですが、質問が質問だけに、なかなか答えて頂けず、やっと、既に十二月に入っていたその年いっぱい、というお答えを頂きました。

死んだら何を着せようかということから、私は準備を始めました。母は生前、「こうげい」時代から長いおつきあいの織物作家、田島隆夫さんから経帷子《きようかたびら》用の織物を頂いておりました。それは、向うが透けて見える程薄くてきれいな布でしたが、私にはそれを仕立てる技術の持ち合わせはなく、あれこれ考えた末、母が気に入っていた三宅《みやけ》一生さんの洋服とスカーフにし、病院に届けておきました。

お医者様の言葉通り、平成十年（一九九八）十二月二十六日の早朝、母は眠りについたまま息を引き取りました。彼女が生前案じていたようには、痛くも痒《かゆ》くもなかったと思います。

病院から寝台車に乗せられて帰って来た母を、布団《ふとん》を敷いて寝かせ、枕元に経机を

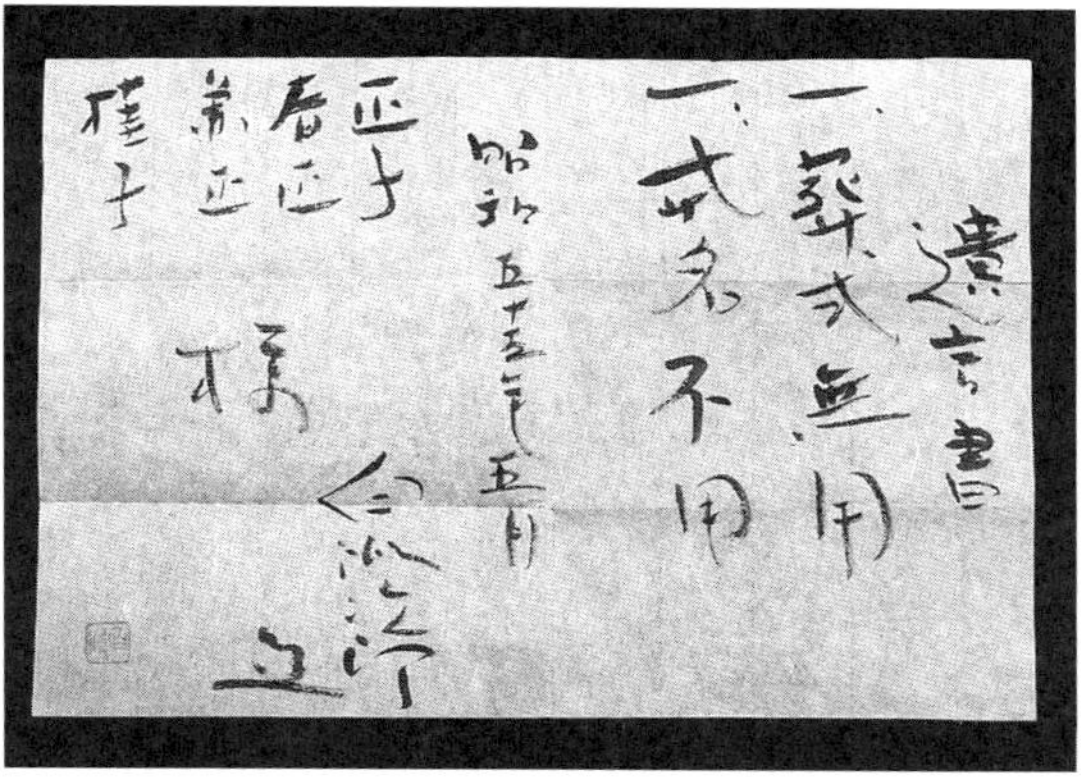

次郎の遺書 「葬式無用　戒名不用」（撮影・野中昭夫）

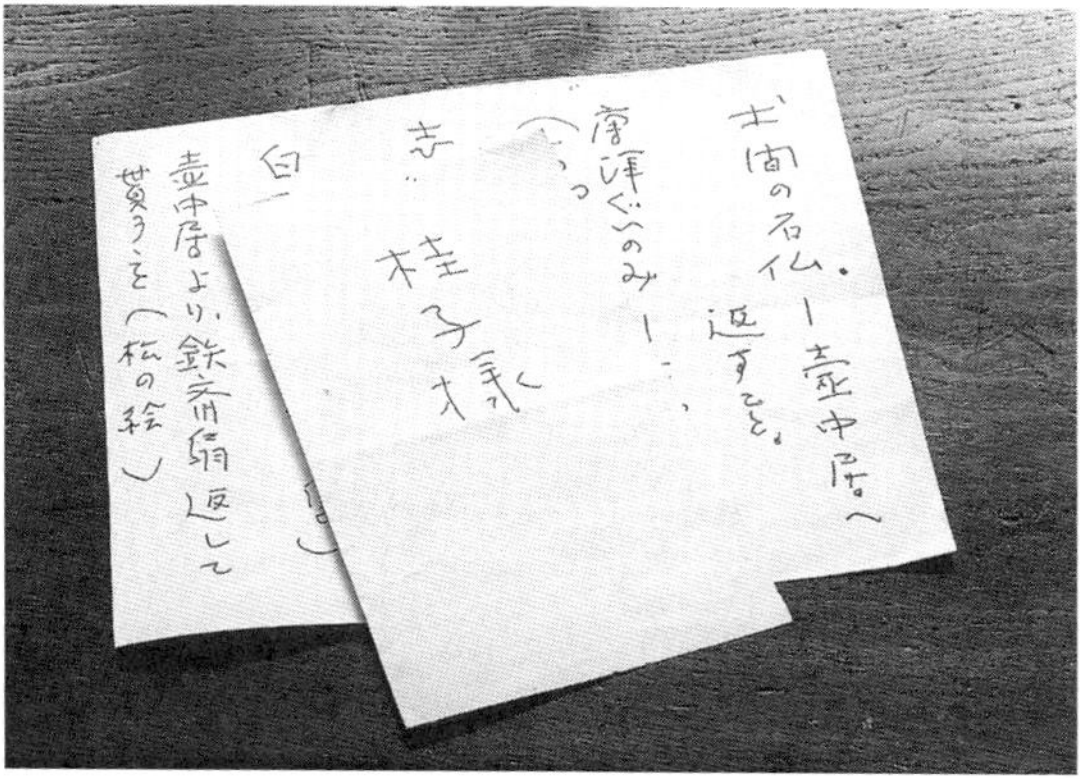

正子の遺書 「土間の石仏——壺中居へ返すこと」など
（撮影・野中昭夫）

置いて、お気に入りだった小さな常滑《とこなめ》の壺《つぼ》に庭の椿《つばき》を一輪活《い》けました。自分が死んだら、枕元の経机の上に庭に咲いている花を一輪活けて、お能の何とかという曲をさる高名な能楽師の方に舞って頂くのが理想的だ、と言っていた時期があったのを思い出したからです。その能楽師の方が亡《な》くなってからその話はしなくなっていたので、花一輪だけが彼女の希望をかなえたものとなりました。

お棺の中に、田島隆夫さんの織って下さった経帷子用の織物と、スイス人の茶人であるフィリップ・ニーゼルさんにいただいた鳩《はと》のついた杖《つえ》を一度は入れましたが、それらの美しい品がなくなってしまうのがあまりにも残念に思えたので、「ゴメンネ」と小さな声で言い、お棺から取り出しました。

母は生前私に、私が子供の頃に遠足で母に買って来たお土産や、私が自分で作ったプレゼント、そして私の息子に貰《もら》った品々が簞笥《たんす》の引き出しに入っているから、それらを自分のお棺の中に入れてくれと言っていました。が、母の言っていた簞笥の引き出しを開けてみるとそういう品々は影も形もありませんでした。ところが、母が亡くなって一年程経《た》ってから、母の思い違いだったのか全然違う簞笥の引き出しから出現しましたので、後日お墓参りに行った時に、母のお墓の側《そば》に埋めてきました。

母には父の書いた「葬式無用　戒名不用」というような遺言状はありませんでした

が、父の時と同じでいいじゃないかということになり、子供達と孫達だけでお弁当を食べ、お酒を飲みました。父が亡くなった時の白い骨壺がお気に召していなかった母は、生前「ここをもうちょっとこう」などという要望を残したままの骨壺を持っていましたが、そのうち忘れてしまったのか作り直さず、そのままになってしまったのがありました。

母がその骨壺に収まった後、皆で手分けして、生前親しくして頂いた方達にお知らせしましたが、色々と失礼があったことと思います。

次郎と正子を両親に持って思うこと

人間の身勝手でしょうか、自分の長所は自分で培《つちか》ったもの、短所は親の教育不充分のせい、という風に思っておりました。何か普通とは違う両親と比べてみて、知り合いの家の親たちを羨《うらや》ましいと思ったこともたびたびありました。

母は歳《とし》を重ねるにつれ、年を取るというのは、年を取るという病気だと言っていた反面、年を取るということは悪いことばかりではない、良いこともたくさんあると言っていました。私は内心冷ややかに、それが彼女の若さへの嫉妬《しっと》ではないかと思い、どんな風に良いのか聞いてみたことがありました。彼女は笑って、今にわかるよと答えるだけでした。

自分も歳を重ねてみて、母が言っていた「悪いことばかりではない」というのとは少し違うかもしれませんが、色々なことを思うようになりました。

子供は親の鏡といいますが、母が私に口に出して教えたことというのは、ほとんど

兵庫県三田市にある夫妻の墓（撮影・野中昭夫）

まったく記憶に残っておりません。でも最近になって、もしかしたら、と思うことがたびたび出て来るのに気が付くようになりました。何かを自分でしたり、喋《しゃべ》ったりしている時に、前世で見たような感情におそわれる事があります。それが、母が私に残していったもののような気がします。

父はただただ無器用に私たちを愛してくれたのだと思います。父には申し訳ないのですが、今思いつける、父に教わったことといえば、日本人によくある西洋人を恐れるという気持がない、ということぐらいです。

ただし、親が自分たちの子供の将来に理想を描くのは当然のことですが、言葉に出してあせいこうせいと言っても無意味なようにも思います。

最近子供たちの犯罪が世間に横行していますが、どんな形であれ、親が子供たちを愛していれば、子供たちの犯罪は起こりえないように思います。

私が曲りなりにも、世間様にあまり迷惑をかけず生活していけるのも、結局両親のおかげだと、思わざるを得ません。

あとがき

この本を書くにあたって、数人の友人たちに、自分たちの両親についてどのような思い出を持っているかを聞いたことがあります。

彼らの両親についての思い出話は、きちんとした家庭の、テレビのホームドラマを見ているようでした。それにくらべ、私の両親は、子供の記憶に残るような事をする、おかしな人たちだったと思います。

執筆時期が重なっていた『白洲次郎の流儀』と内容が重複する箇所がいくつかありますが、この本にも入れたい話なので、あえて残しました。

また、『白洲正子自伝』や『風の男　白洲次郎』などの記述と若干違う点もありますが、私の記憶のままに書きました。

平素、あまり手紙以外の文章を書くことがなかったので、漢字や送りがなを思い出す良い機会となりました。同時に、母が、なるべく漢字を書けと言っていたのも思い出しました。

最後まで読んでいただき、ありがとうございました。

二〇〇七年三月

牧山桂子

文庫版あとがき

父、次郎が亡《な》くなって二十年余、母、正子が亡くなって十年余が経《た》ちました。

両親と共に私達兄妹《きょうだい》が独立するまで暮らした家を、無人のままほうって置けば、朽ち果ててしまうであろうという危惧《きぐ》だけで、父が面白がって名付けた「武相荘《ぶあいそう》」として公開させて頂いてからも八年の年月が経ちました。

私が両親と過ごした日々を綴《つづ》ったこの『次郎と正子』も、たくさんの方達が読んで下さり、有り難い事だと思います。

両親の事が色々な雑誌の記事になったり、NHKのドラマになったりした事からでしょうか、未《いま》だにたくさんの方達が訪れて下さいます。

それらのせいでしょうか、武相荘と共に彼等は一人歩きをしはじめ、最近では私にとって自分の両親というより、メディアで見かける人達になりつつあります。

父がウィスキーを片手に浴衣《ゆかた》を着て、テレビドラマの水戸黄門に興じている姿を見せて差し上げたいものだと思います。

以前より、母の書いたものは、殆《ほと》んど読んだ事はありませんでした。何か彼女が失敗をしているのではないかという思いがあったのと、自分の想像にすぎないことをあたかも現実にあったことのように綴る彼女の性質を目の当《まあ》たりにするのも嫌だったからです。

最近ではそれに父も加わり、父の事を書いたものや、テレビ番組も怖くて、見たり読んだり出来ません。

でもそれらの事は、もしかすると人間はもともと一人であると、両親が私に教えていった事ではないかと思える様になりました。

ただ偶然にあの二人の娘であるというだけで、様々なメディアに各種の御依頼を頂きますが、自分自身の事ならいざ知らず、「身内の事なんぞべらべら喋《しゃべ》るな」という二人の渋い顔が頭をよぎり、殆んどお引き受けする事が出来ません。また、自分達が住んでいた家を公開していると知ったら、二人はどんなに嫌な顔をする事でしょう。

母は自分の仕事の為に家族を犠牲にして来たと内心少々思っていた様で、その罪を二つに分ければ、半減出来るという気持が働いたのでしょうか、私に何か仕事をやらせたがっておりました。

父は反対に自分の様な目に合うのは、自分一人でたくさんだと思ったらしく、将来自分のあまり気に入らない男、つまり私の夫のためになるとは夢にも思わず、私には一生家族を大事にして、幸せに暮らして欲しいと思っている様子が見て取れました。

自分自身の事というものはよく解《わか》るもので、私は生来のなまけ者で、自分が社会の為に役立つ事などなく、また仕事の才能などない事は早くから解っていました。今でも最小限の言葉で自分の考えを人様に伝えようとしたり、自分の言動で誰かが嫌な思いをするなどという事が解らないのですから、当然です。言いたい事は言うものだという父の教えが裏目に出た様です。

言葉の足りなさはおしゃべりな男と結婚したせいでしょうか、遅まきながら言葉でしか自分を理解してもらえないと気が付き、すっかりおしゃべりになってしまいました。

武相荘を公開する前は、父の希望どおり、三食昼寝つきの楽しい日々を過ごしておりました。武相荘を公開した事で、私の理想であった暖かい日溜《ひだま》りで縁台の上に干してある布団《ふとん》の日向《ひなた》くさい匂《にお》いを嗅《か》ぎながら、孫と居眠りをするという日々を目前にして、思いもかけなかった生活が始まりました。

私は昔のままにしている積りなのですが、訪れて下さる方達の中には、一人歩きをし始めた両親の虚像のせいか、御自分達の「白洲《しらす》像」に合っていないという苦情をいただいたり、大勢のスタッフに助けて頂かなくてはならなかったり、見た事も聞いた事もない親類が出現したり、どうしてよいか解らないマスコミの依頼などなど、列挙すればきりがない程の頭の痛い事柄が持ち上がって来ました。それらは丁度うまい時に停年退職した夫に押しつけているのですが、思い通りにならない事も多々あり、もう武相荘など閉めてやると思う事もしばしばです。

その上もともと母に似て整理整頓《せいとん》が苦手な私の管理下にある我が家は、忙しいのだからという内心の逃げ道にもとづいて、恐ろしい有様に成って行きました。

母と違って娘のいない私は、息子のお嫁さんに、私の死んだ後私と同じ苦労をさせるのが忍びなく、せめてがらくただけでも捨てようと思い始めたこの頃です。「ほら見ろ」と、言っている父の顔が目に見える様です。私の多少の父に対する言い訳は、息子は既に成人し、彼にあまり迷惑はかかっていないだろうという事です。

彼女が実行していたかどうかは不明ですが、母の考えはマイナスの中にプラスを見つける事が心の平穏を保つコツだというものでした。そんな事はとうに忘れていましたが、武相荘を公開した事で、今まで嫌な所だけ似ていると思っていた母の、ちょっといいんじゃないと思えるその考えを思い出しました。

そう思って見ると、確かに両親の死後、手の平を返した様な人達がいる反面、まったく態度が変らず親切にして下さる方達がいて下さったり、武相荘を公開しなければ、知遇を得る事の出来なかった大勢の方達とも知り合う事が出来ました。本当に有り難い事だと思います。両親が人相の悪い奴《やつ》らはダメだと言っていた事も役に立ちました。この様な文章を書いたりする事によって、私の書いた手紙などを読んでもっと漢字を書けと言っていた、生前の母の希望にもそえる様になりました。あれ読め、これ読めと本の名前をあげていた母に反発して読まなかった本にも時々手が出る様にもなりました。

私の友人の中には、よくあんなにたくさん親の事が書けるものだという人達もおりますが、同じ屋根の下で暮らした親子の間で、日々様々な出来事があったのは、どなたにとっても同じだと思います。

私もこの本を書かなかったら両親の事などあまり思い出す事はなかったかも知れません。

また、新潮社で私が両親の為に作っていた食事の数々を紹介する本を二冊出して頂きました。以前は、料理を作りはじめて足りない材料があると買いに行ったりしていましたが、しだいに何かで代用する事も出来る様になりました。

母が原稿を書き終えた時に浸っていた何だかわからなかった解放感も味わう事が出

来ました。

両親の事を想《おも》い出す機会と、自分の事を知る機会を与えて下さった新潮社の編集者の方達に心からの感謝をしたいと思います。

二〇〇九年十月

牧山桂子

この作品は平成十九年四月新潮社より刊行された。

次《じ》郎《ろう》と正《まさ》子《こ》

—娘が語る素顔の白洲家—

新潮文庫　し-20-51

平成二十一年十二月　一日　発行
平成二十三年　五月三十日　三　刷

著者　牧《まき》山《やま》桂《かつら》子《こ》

発行者　佐藤隆信

発行所　株式会社　新潮社

郵便番号　一六二—八七一一
東京都新宿区矢来町七一
電話　編集部（〇三）三二六六—五四四〇
読者係（〇三）三二六六—五一一一
http://www.shinchosha.co.jp

価格はカバーに表示してあります。

乱丁・落丁本は、ご面倒ですが小社読者係宛ご送付ください。送料小社負担にてお取替えいたします。

印刷・錦明印刷株式会社　製本・錦明印刷株式会社

ISBN978-4-10-137951-7 C0123